LA BÊTE

Paru dans Le Livre de Poche :

LA COUPE D'OR
LA MUSE TRAGIQUE
LE TOUR D'ÉCROU
UN PORTRAIT DE FEMME
VISITES DE FANTÔMES

HENRY JAMES

La Bête dans la jungle

TRADUCTION DE MARC CHADOURNE
RÉVISÉE PAR JEAN-PIERRE NAUGRETTE
PRÉSENTATION PAR JEAN-PIERRE NAUGRETTE

LE LIVRE DE POCHE

Titre original :

THE BEAST IN THE JUNGLE

Première édition : Victor Attinger, 1929.

© Tous droits réservés pour la traduction de Marc Chadourne.

PRÉSENTATION

> Je bondissai dessus en pensée...
> *Le Motif dans le tapis.*

La Bête dans la jungle (1903) est sans doute l'une des nouvelles les plus abouties, les plus énigmatiques, les plus fascinantes d'un cycle, dans la production et la vie de Henry James (1843-1916), commencé en 1892. C'est dans cette période qu'outre des romans comme *Les Dépouilles de Poynton* (1894), *Ce que savait Maisie* (1897) ou *La Fontaine sacrée* (1901), il écrit près de la moitié de ses nouvelles, et parmi elles ces chefs-d'œuvre d'ambiguïté, de complexité et d'ironie narrative que sont *La Mort du lion* (1894), *Le Motif dans le tapis* ou *L'Autel des morts* (1896), *Le Tour d'écrou* ou *Dans la cage* (1898). Phase féconde, qui va conduire à la dernière grande période où il renoue avec l'activité romanesque et la scène internationale, avec *Les Ailes de la colombe* (1902), *Les Ambassadeurs* (1903) et *La Coupe d'or* (1904). C'est en passant par l'art de la nouvelle, qu'il aimait tant, que James atteint sa pleine maturité, en lui permettant d'effacer magistralement son expérience malheureuse au théâtre, marquée par l'échec retentissant de *Guy Domville* (1895). Cet échec, James l'a sublimé par un goût prononcé pour des situations de huis clos, l'affrontement feutré entre quelques personnages, le dialogue ciselé, des répliques légèrement décalées: un art du rebond sur un mot, une phrase que les personnages — ici réduits à deux — se lancent comme un projectile qui fait mal, qui peut tuer. Ce qu'il a perdu sur scène, il va l'approfondir dans ces situations d'enfermement, où la prise de parole, l'abord — on serait tenté de dire l'abordage — d'autrui est à la fois signe d'approche permettant d'échapper à la solitude, et signal d'alarme si approcher quelqu'un risque d'empiéter sur son intimité, sur sa personnalité, sur sa vie. C'est le cas ici, au début de *La Bête dans la jungle*, où John Marcher se retrouve soudain face à face avec une jeune femme qu'il n'a pas vue depuis plusieurs années. Tout se joue sans doute dans ces premiers moments.

Marcher, en amorçant sa réplique à propos de leur première rencontre à Rome, fait le premier bond, comme on fait le premier — faux — pas.

On s'est souvent demandé quelle était l'origine, la signification de cette image du titre. Marcher a la conviction, l'appréhension, l'obsession que quelque chose d'extraordinaire attend son mystérieux destin «telle une bête fauve tapie dans la jungle», et du même coup hésite à la faire partager à May Bartram. Une première réponse consiste à dire que cette image, chez James, est caractéristique du secret enfoui. Si l'on relit *Le Motif dans le tapis*, on s'aperçoit que l'image animale est déjà là pour décrire une éventuelle révélation du secret qui entoure l'œuvre de Hugh Vereker: «libérer l'animal», «faire sortir le chat du sac», autant d'images utilisées pour décrire métaphoriquement le saut du secret bondissant à la figure des protagonistes, eux-mêmes décrits comme «sursautant» face à l'imprévu. Comme dans *Le Motif dans le tapis*, ce qui compte, ici, ce n'est pas tant le contenu du secret, à jamais différé, repoussé, rejeté dans les méandres du silence et de la réticence, que toutes les stratégies d'approche, les tentatives de découverte ou d'excavation. L'erreur première de Marcher

— ils ne se sont pas rencontrés à Rome, mais à Pompéi, où ils ont assisté tous deux à des fouilles [*find*, dit l'anglais, c'est-à-dire «trouvaille» ou «découverte»] — place leur rencontre originelle sous le signe de la strate enfouie: on ne dit pas ce qui a été trouvé, mais on précise qu'ils étaient présents. Le lapsus de Marcher vise sans doute à refouler Pompéi[1], le lieu par excellence de la ruine recouverte de lave, ou bien du corps préservé dans sa posture d'agonie. Dans la lignée de *La Vénus d'Ille* de Mérimée (1837), d'*Aria Marcella : souvenir de Pompéi* (1852) de Théophile Gautier, mais aussi, et surtout, de la *Gradiva*, la nouvelle de Jensen commentée par Freud, parue la même année, *La Bête dans la jungle* fait de Pompéi et de l'Antiquité romaine la métaphore même de l'inconscient, et place le désir sous le signe de la mort[2]. Leur première rencontre n'a pas eu

---

1. Et aussi la presqu'île de Sorrente qui, selon Bernard Terramorsi, «masque et révèle, dans le récit, l'île de Capri» (*Henry James ou le Fluide sacré de la fiction*, L'Harmattan, 1998), et avec elle sans doute le palais de Tibère lié à des images d'orgie ou de rites païens. On note dans la nouvelle une série d'images maritimes: flotter, golfe, rivage, île de repos, etc.

2. C'est dans la période 1893-1901 qui précède l'écriture de la nouvelle que reprennent d'importantes fouilles à Pompéi. Dans sa nouvelle *Le Dernier des Vale-*

lieu dans le palais des Césars qui domine la colline du Palatin, mais dans un lieu encore marqué par le jaillissement, la flamme, le feu — images qui caractérisent aussi la Bête surgie des profondeurs de l'être. De fait, toute la nouvelle est scandée par la tension entre le réveil et l'oubli, l'irruption et la froideur, l'éruption de la vie et le silence de la tombe.

Le paradoxe et l'ironie funeste caractérisant la relation entre John Marcher et May Bartram veulent que ce soit lui qui, après lui avoir confié jadis cette sensation de quelque chose qui l'attend, l'ait de nouveau exhumée des profondeurs du souvenir tel un archéologue: mais c'est elle seule qui réussit à la définir, telle une «deuxième conscience[1]» plus aiguisée et lucide que la sienne. C'est lui qui a fouillé, mais elle qui a trouvé. C'est ce qui les rapproche, les unit, dans une «intimité» qui, en le protégeant, comme elle s'y

---

rii (1874), James explorait déjà la confusion entre la statue de Junon exhumée et la femme aimée. Dans le film de Rossellini *Voyage en Italie* (1954), les vestiges de Pompéi et la découverte de corps préservés par la lave sont également vus comme symboles d'un couple en ruine mais uni à travers et malgré la mort.

1. L'expression est utilisée par James à propos de May Bartram dans l'un de ses carnets daté du 27 août 1901.

emploie, du reste du monde, vaut pour une relation amoureuse. Dès lors, lui n'aura de cesse que de savoir, de connaître — le mot est obsédant chez James — ce qu'elle sait, et qu'elle se refuse à dire: le secret de sa vie à lui. C'est à lui de deviner: dans sa préface à la nouvelle[1], James compare Marcher, dont le nom est associé à la marche, au «chercheur aveugle» de colin-maillard qui «brûle» lorsqu'il se rapproche de la vérité, ou se refroidit lorsqu'il s'en éloigne. Ce va-et-vient permanent, qui se matérialise dans des dialogues sous forme d'un jeu de questions-réponses, caractérise leur échange à demi-mots. L'image de la fouille archéologique sert à définir un Marcher obsédé par la découverte de cette strate enfouie dont May Bartram dit qu'elle a pénétré la profondeur. Dans *Le Motif dans le tapis*, l'image du «trésor enfoui», reprise ici, caractérise déjà le secret ou la connaissance interdite, en même temps qu'elle sert à définir les rapports entre les êtres, entre ceux qui cherchent et ceux qui savent, ceux qui désirent savoir et ceux qui préfèrent se taire. May Bartram est alors comparée à «un sphinx serein, délicieux mais

---

1. Tirée des *Romans et nouvelles de Henry James*, vol. 17 (New York, Charles Scribner's & Sons, 1909).

impénétrable», qui place du même coup un Marcher avide de savoir en position d'Œdipe cherchant à tâtons, et bientôt aveugle, avant de réaliser lui aussi l'ampleur de la vérité qui l'implique au premier chef, quand il sera trop tard. May ne peut pas, ne saurait être une amante pour lui, dès lors qu'il se place en position de fils demandant le sens de son propre destin. Elle aurait pu être Jocaste, elle est le sphinx, par définition une créature avec qui on ne saurait avoir de rapports. L'ampleur de ce qu'elle sait la place très vite du côté de la «gravité», puis bientôt de la grave maladie qui va l'emporter, et de la tombe: *grave* en anglais. Chez James, le secret «est presque toujours lié au sexe[1]», mais la sexualité impossible est liée à la mort.

On a tenté de mettre un nom sur le «mystérieux destin» de Marcher qu'il pressent mais qu'il ignore, ce qui le singularise, et qui, faute d'être dit, affleure en termes de gouffre ou d'abîme, d'horreur ou de monstruosité innommables. Si May doit l'aider «à passer pour un homme comme les autres», c'est parce qu'il serait, peut-être sans le savoir lui-

---

1. Diane de Margerie, préface à *L'Autel des morts, Dans la cage*, Paris, Stock, 1974, 1993, p. 15.

même, potentiellement homosexuel. L'argumentation d'Eve Kosofsky Sedgwick[1] a ceci de convaincant qu'elle repose sur un balayage systématique de ces allusions à son «étrangeté[2]», «son malheureux vice» qui le distingue de l'homme normal, et dont elle voudrait à la fois lui faire prendre conscience pour le libérer, et le protéger — échec dont elle meurt puisque lui préfère rester impuissant, les yeux bandés. L'homosexualité qui guette Marcher serait cette Bête tapie dans la jungle, qui le rattraperait après sa mort à elle. Une telle lecture, même si elle permet d'y voir plus clair dans certaines zones d'ombre du texte, a plusieurs inconvénients. Identifier Marcher comme l'homosexuel et May comme «la vieille fille», «ces deux *exclus*, condamnés à la solitude», c'est, comme le souligne J.-B. Pontalis, «encore trop dire»: l'ironie du secret enfoui dans le texte consiste justement à contraindre, de la part de James, «le lecteur à s'exposer tandis que l'auteur se dérobe à tout

---

1. «The beast in the closet», *Epistemology of the Closet*, Berkeley, University of California Press, 1990, reproduit dans l'édition Norton des *Tales of Henry James*, New York et Londres, 1984, 2003.

2. On sait que le mot *queer* utilisé ici en anglais renvoie souvent à l'homosexualité masculine.

prix[1]». Ou si l'on veut, c'est traduire en termes nécessairement vulgaires ce qui, par définition, doit rester dans le domaine du non-dit, puisque toute la tension opérée par la nouvelle repose précisément sur un désir de savoir frustré. Comme dit Tzvetan Todorov à propos du *Motif dans le tapis*: «La quête du secret ne doit jamais se terminer parce qu'elle constitue le secret lui-même[2].» C'est la quête, même vouée à l'échec, qui structure la vie du protagoniste, lui donne forme, qu'il s'agisse d'approcher le secret enfoui de May Bartram ou de Hugh Vereker, ou bien, comme dans *L'Autel des morts*, de définir sa vie par rapport à ces morts «qui apportent aux vivants un surcroît de vie[3]». C'est ce désir de savoir, et non ce désir de May, qui anime Marcher, au péril de sa vie à elle. Ce que James appelle, dans sa Préface, la «grande aventure négative» de Marcher est moins posée en termes de sexualité honteuse, c'est-à-dire refoulée, qu'en termes de méconnaissance de l'autre, celle qui a donné

---

1. J.-B. Pontalis, «Le lecteur et son auteur: à propos de deux récits de Henry James», *Après Freud*, Paris, Idées-Gallimard, 1968, p. 353-355.

2. Introduction des *Nouvelles*, Paris, Aubier-Flammarion, 1969, p. 41.

3. D. de Margerie, *op. cit.*, p. 5.

sa vie pour protéger le secret: c'était peut-être cela, justement, le secret.

Il faut alors revenir à leurs retrouvailles pour comprendre, avec cette image inaugurale du bond, ce qu'il y avait de potentiellement prédateur dans le mouvement de reconnaissance ou de réminiscence esquissé par Marcher, «ce pauvre et sensible gentleman», comme dit James à son propos, dont le nom, pourtant, peut être associé à une image de piétinement destructeur[1]. Le «chaînon manquant» qui déclenche le souvenir de leur rencontre en Italie devient une image darwinienne inscrivant les rapports humains dans une jungle primitive où est tapie la Bête. Les images de la chasse au tigre ou de la «bosse sur un dos» placent leur relation sous le signe d'une régression primitive dont Marcher semble avoir peur pour elle, mais qu'il incarne peut-être depuis le début, si sa vie à lui est une jungle, comme le suggèrent les dernières lignes. L'apparente naïveté de son approche ne doit pas tromper: elle est contemporaine[2] d'un

---

1. March/er, ou March/her, celui qui «marche sur elle».

2. Le rapprochement entre le titre de la nouvelle de James et le Douanier Rousseau est effectué par Julie Wolkenstein dans sa présentation du *Motif dans*

tableau du Douanier Rousseau comme *Le Lion ayant faim* (1905). On remarque d'ailleurs, dans les titres des nouvelles de James, la récurrence du motif animal — la cage, le lion, la bête. À travers un seul mot [*spring*], James décline à la fois le saut de reconnaissance qui permet à Marcher de rétablir une relation avec May, la saison du printemps qui, loin d'annoncer l'amour, comme le prénom de la jeune femme aurait pu le suggérer[1], annonce la mort au début du chapitre IV, et ce ressort rompu en lui, lorsqu'un jour d'automne cruel, après avoir rencontré une figure de double ou de *Doppelgänger* dans le cimetière, lui, l'homme «hanté», reçoit un choc qui annonce la révélation finale. C'est en confrontant, avec des tonalités fantastiques, son double opposé, un homme portant visiblement les marques du chagrin — là où lui, tel Stransom dans *L'Autel des morts*, se repaît fort bien d'un deuil confortable où la morte est vue comme une vivante présence —, que Marcher comprend

---

le tapis et de *La Bête dans la jungle*, GF Flammarion, 2004.

1. *May*: le mois de mai en anglais. Marcher, lui, est associé au mois de mars (*March*): la rencontre au début du chapitre IV est située entre deux, en avril, comme si leurs deux noms ne pouvaient coïncider.

enfin ce qui lui a manqué toutes ces années-là. Une «irruption» se produit alors dans sa conscience telle une «traînée de feu» qui réveille le motif enfoui du volcan de Pompéi. Lui qui, naïf aux mains pleines, croyait qu'elle était détentrice de son secret, réalise alors ce qu'il a manqué. Ce n'était pas elle, la détentrice du «trésor enfoui»: c'était elle, le trésor, désormais enfoui sous la tombe, la statue de sphinx exhumée des ruines de sa mémoire. L'irruption, l'éruption finale de la Bête gigantesque qui l'attaque tel un tigre de Salvador Dalí[1] n'est que le retour ironique et onirique, mortifère et superbe de ce qu'il a refoulé toute sa vie: elle, c'est-à-dire sa vie à elle — et à lui.

Jean-Pierre NAUGRETTE.

---

1. On pense ici au *Rêve causé par le vol d'une abeille autour d'une pomme-grenade une seconde avant l'éveil* (1944): une femme nue, allongée, voit deux tigres descendre du ciel sur elle. Ce rapprochement fait de Marcher une créature potentiellement féminisée, tandis que May serait un sphinx plutôt masculin.

CHAPITRE PREMIER

Comment fut amené au cours de leur rencontre le propos qui lui donna l'éveil, peu importe, au fond: par quelques mots lâchés par lui, sans aucune intention, au hasard de la conversation, cependant qu'à pas lents ils s'attardaient ensemble après avoir renoué connaissance. Il avait été introduit par des amis, une heure ou deux auparavant, dans la maison où elle séjournait. Le groupe des visiteurs de l'autre maison, dont il était, — ce qui lui permettait, selon son système habituel, de se confondre dans la foule, — avait été retenu à goûter. Après le goûter, le gros des invités s'était dispersé, au hasard des préférences pour les divers agréments de Weatherend: le point-de-vue et les beautés, curiosités, tableaux, meubles de famille, trésors de toute sorte qui faisaient l'endroit presque célèbre. Les grandes salles étaient si nombreuses que les invités avaient tout loisir d'errer à leur gré, de traîner en arrière du groupe principal, et, pour ceux qui apportaient tout leur sérieux à ces matières, de se livrer à des appréciations et des calculs pleins de mystère. L'on avait loisir d'observer certains de ces connaisseurs, par couples ou solitaires, penchés sur des objets, dans des coins à l'écart, les mains sur les genoux et dodelinant de la tête, avec toute l'emphase du flair excité. Quand ils étaient deux, ils mêlaient leurs expressions d'extase ou confondaient ensemble des silences plus chargés encore d'intention, en sorte que par certains côtés la physionomie de la réunion était, aux yeux de Marcher, celle de ce «tour de salle» préalable aux ventes à grande publicité, qui excite ou douche, c'est selon, le rêve d'acquérir. Le rêve d'acquérir à Weatherend n'eût pas laissé d'être d'une particulière violence, et John Marcher se trouvait, entre autres impressions, également déconcerté par la présence simultanée de ceux qui s'y connaissaient trop et de ceux qui n'y connaissaient rien. Les grandes salles faisaient se presser sur lui tant de poésie et d'histoire qu'il éprouva le besoin de se retirer un peu à l'écart pour se sentir en harmonie avec elles, plus discret que ses compagnons dont les regards de convoitise les faisaient ressembler à des chiens reniflant un placard. Mais cet isolement eut des conséquences qu'il n'avait pas prévues. Cette impulsion trouva assez promptement une issue dans une direction qu'il n'eût su calculer.

Il se trouva soudain face à face, pendant ce bel après-midi d'octobre, avec May Bartram, de qui le visage, réminiscence plutôt que souvenir, à l'autre bout d'une très longue table interposée entre eux, avait commencé, sans plus, par éveiller en lui un trouble plutôt plaisant. Ce visage lui donnait l'impression de faire suite à un enchaînement de circonstances dont le début lui échappait. Il reconnaissait ce visage et lui faisait pour l'heure bon accueil, parce que rattaché à un souvenir, mais sans savoir auquel; c'était là une occupation, voire même une distraction, d'autant plus divertissante qu'il n'était pas non plus sans pressentir, en l'absence d'ailleurs d'aucune indication directe de sa part, que la jeune femme, elle, n'avait point perdu le fil. Elle ne l'avait point perdu, mais elle ne le lui rendrait point, c'était clair, avant qu'il n'eût fait le geste de tendre la main pour le reprendre; il fit cette constatation et quelques autres assez curieuses, au moment où le hasard des groupes les mit enfin en présence. À ce moment-là, fait digne de remarque, il en était à se dire que leurs hypothétiques relations dans le passé avaient dû n'avoir aucune importance. Pourtant, si elles n'avaient eu aucune importance, il distinguait alors assez mal pourquoi ce qu'il ressentait actuellement en présence de la jeune femme semblait en avoir tant; la réponse à cela, d'ailleurs, était qu'étant donné la vie que l'on menait, il n'était que de prendre les choses comme elles se présentaient. Il se sentait satisfait, sans être le moins du monde capable de dire pourquoi, de ce que l'on pût *grosso modo* situer cette jeune femme au rang de parente pauvre de la maison; satisfait aussi qu'elle ne fût pas là en visite brève, mais qu'elle fît peu ou prou partie de l'établissement, avec, il se pouvait, un emploi et des gages. La protection dont elle bénéficiait sans doute, ne la payait-elle pas de retour en aidant, entre autres services, à faire visiter l'endroit et à l'expliquer, à s'occuper des gens fastidieux, à répondre aux questions sur la date des constructions, le style des meubles, la paternité des tableaux, les endroits hantés qui avaient la faveur du fantôme? Ce n'était pas qu'elle eût un air à recevoir des pourboires — il était impossible d'avoir moins cet air-là. Cependant, lorsque enfin elle obliqua vers lui, si franchement belle, quoique tellement moins jeune — moins jeune qu'au temps où il l'avait connue — l'on eût pu croire que c'était parce qu'elle avait deviné qu'il avait, en cette couple d'heures, dédié plus d'imagination à sa personne que tous les autres réunis et avait pénétré ainsi jusqu'à une sorte de vérité que les autres étaient trop obtus pour découvrir. Elle se trouvait certainement ici en une condition plus dure que quiconque; sa présence en ce lieu semblait la conséquence de malheurs subis au cours des années qui les séparaient de leur première rencontre; et elle se souvenait de lui au moins autant que lui se souvenait d'elle, — sinon beaucoup mieux.

Lorsque enfin ils en vinrent à causer, ils étaient seuls dans l'une des pièces — remarquable par un beau portrait placé au-dessus de la cheminée — d'où leurs amis étaient sortis, et le charme de ce moment fut qu'avant même d'ouvrir la bouche, ils avaient pratiquement combiné l'un et l'autre cet aparté. Il y avait pour parfaire ce charme d'autres détails heureux — il n'y avait d'ailleurs pas d'endroit, à Weatherend, qui ne méritât par quelque beauté que l'on s'y attardât, — en particulier cette façon qu'avait le jour d'automne déclinant de regarder par les hautes fenêtres, la rouge lumière du couchant de s'étirer en un long rayon et de venir jouer sur les vieux lambris, les vieux ors, les tapisseries anciennes, les couleurs passées. Avant tout, sans doute, le charme tenait à la manière dont elle vint à lui, comme si, commise à s'occuper du commun des visiteurs, elle lui laissait tout loisir, au cas où il préférerait en rester là, de prendre sa tendre sollicitude pour un de ses ordinaires devoirs. Aussitôt qu'il eut entendu sa voix, le fossé fut comblé, le chaînon qui manquait retrouvé; la légère ironie qu'il devinait dans son attitude s'effaça. Du coup, il bondit presque pour toucher barre avant elle. «Je vous ai rencontrée, il y a des années et des années, à Rome. Je me souviens de tout.» Elle s'avoua désappointée; elle était tellement persuadée qu'il ne se souviendrait pas. Alors, pour prouver comme il se souvenait bien, il se mit à déballer des souvenirs circonstanciés qui se précipitèrent au fur et à mesure qu'il les appelait. Le visage et la voix de la jeune femme, tout au service de Marcher à présent, achevèrent ce miracle — agissant comme la torche de l'allumeur dont la touche enflamme, un par un, les jets de gaz d'une longue rampe. Marcher se flattait que l'illumination fût brillante, tout en se félicitant davantage encore d'entendre sa partenaire démontrer, comme par jeu, que, dans sa hâte à établir l'exactitude de chaque détail, il n'en avait guère trouvé que de faux. Ce n'était pas à Rome, mais à Naples; il n'y avait pas huit ans, mais bien près de dix. Elle n'était pas non plus avec son oncle et sa tante, mais avec son père et sa mère; en outre, ce n'était pas avec les Pemble qu'il était, lui, mais avec les Boyer, en compagnie de qui il arrivait de Rome — point sur lequel elle insistait un peu pour le confondre, et toutes preuves en main. Les Boyer, elle les connaissait, alors qu'elle ne connaissait pas les Pemble, bien qu'elle eût entendu parler d'eux, et c'étaient les gens avec qui il était qui les avaient présentés l'un à l'autre. Quant à l'incident de l'orage qui s'était abattu sur eux avec tant de violence qu'ils avaient dû chercher un refuge dans une excavation, — cet incident n'avait pas eu lieu au palais des Césars, mais à Pompéi, un jour où ils avaient assisté à des fouilles de grande importance.

Il accepta ses précisions et accueillit de bonne grâce ses rectifications, bien que la morale en fût — elle ne manqua point de la faire ressortir — qu'au fond, il ne se rappelait absolument rien d'elle, à quoi il ne vit qu'un inconvénient dûment établi: l'historique de leurs relations se réduisait à fort peu de chose. Ils ne s'en attardèrent pas moins ensemble, elle négligeant ses devoirs — car, du moment qu'il était tellement hors du commun, elle cessait d'être qualifiée pour les remplir auprès de lui — et tous deux négligeant la maison, dans la seule attente, eût-on dit, de voir si un ou deux souvenirs encore n'allaient point de nouveau surgir entre eux. Il ne leur avait fallu, en somme, que quelques minutes pour poser sur la table, comme les cartes d'un jeu, celles qui constituaient leurs mains respectives; seulement voilà qu'il apparaissait que, par malheur, le jeu n'était point complet, que le passé invoqué, sollicité, encouragé, ne pouvait, comme de juste, leur donner plus qu'il n'avait. Il les avait fait se rencontrer dans des temps anciens, elle à vingt ans, lui à vingt-cinq; mais quoi de plus étrange, semblaient-ils se dire l'un à l'autre, qu'il n'eût pas, pendant qu'il y était, fait pour eux un tout petit peu plus? Ils se regardaient l'un l'autre comme avec le sentiment d'une occasion manquée. Le présent eût tellement mieux valu si le passé, à cette distance, dans ce pays étranger, n'avait été si absurdement pauvre. Le compte en était vite fait de ces petites choses qui avaient trouvé moyen de se passer entre elle et lui, autrefois; guère plus d'une douzaine assurément: banalités de jeunesse, naïveté d'enfance, sottises d'ignorance, petits germes possibles, mais trop profondément enfouis — trop profondément, n'est-ce pas? — pour pousser après tant d'années?... Marcher sentait qu'il eût dû, en ce temps-là, rendre à la jeune femme quelque signalé service — la repêcher de quelque naufrage dans la baie ou, tout au moins, retrouver son nécessaire de toilette soustrait de sa voiture par quelque lazzarone à stylet, dans les rues de Naples. Ou encore c'eût été si bien d'avoir été pris d'une bonne fièvre, tout seul à son hôtel; elle aurait pu venir le voir, écrire aux siens, le promener en voiture pendant sa convalescence. Alors, il y aurait maintenant ce je ne sais quoi qui semblait manquer à la scène présente. Cependant, d'une manière comme de l'autre, elle se présentait trop bien, cette scène, pour qu'on l'abîmât. Si bien qu'ils furent réduits pendant quelques minutes encore à se demander, un peu en désespoir de cause, pourquoi — ayant, semblait-il, nombre de relations communes — leur rencontre avait été si longtemps différée. Leur rencontre! Ils n'usaient pas du mot; mais leur retard, prolongé de minute en minute, à rejoindre les autres, était en quelque sorte l'aveu qu'ils n'en acceptaient pas complètement l'échec. Les suppositions par lesquelles ils tentèrent de s'expliquer pourquoi ils ne s'étaient point rencontrés plus tôt ne firent que montrer combien ils savaient peu l'un de l'autre. Il vint même un moment où Marcher éprouva une réelle angoisse. Il était vain de voir en elle une vieille amie, puisqu'ils étaient sans repères communs, et pourtant ce n'était qu'en tant que vieille amie, il le voyait bien, qu'elle pouvait faire son affaire. Il en avait bien assez de nouvelles — envahi qu'il était par elles, sans aller plus loin que le salon d'en face où on le donnait en représentation. Nouvelle, il ne l'eût probablement pas remarquée. Il aurait aimé inventer quelque chose, l'amener à convenir avec lui que quelque incident romanesque ou dramatique avait marqué le début de leurs relations. Il faisait des efforts presque désespérés pour atteindre par l'imagination — en une sorte de lutte avec le temps — ce quelque chose qu'il fallait trouver, en se disant à lui-même que si cela ne venait pas, cette esquisse d'aventure aurait l'air abîmée par pure maladresse. Ils se sépareraient sans s'être même réservé une ou deux chances pour l'avenir. Ils auraient essayé, et pas réussi. Ce fut à ce tournant critique — il s'en aperçut plus tard — que, faute de tout autre espoir, elle se décida à prendre elle-même les choses en main, à sauver la situation. Il eut, dès qu'elle ouvrit la bouche, l'impression qu'elle avait sciemment gardé pour elle tout ce qu'elle allait dire, dans l'espoir de s'en tirer sans avoir à en parler. Scrupule de sa part qui le toucha immensément quand, au bout de trois ou quatre minutes, il fut capable de l'apprécier à sa valeur. Toujours est-il que son propos eut pour effet de dégager l'atmosphère et permit de retrouver le chaînon — ce chaînon qu'il avait soi-disant égaré, bien légèrement, en vérité…

— Vous savez qu'un jour vous m'avez dit une chose que je n'ai jamais oubliée, et qui m'a fait penser et repenser à vous, depuis. C'était ce jour terriblement chaud où nous allâmes à Sorrente par la baie, pour avoir un peu de brise. Vous savez à quoi je fais allusion, ce que vous me disiez au retour, sous la tente du bateau où nous prenions le frais. Avez-vous oublié?

Il avait oublié et en éprouvait plus de surprise que de honte. Mais, fait capital, il discernait bien que ce n'était point là une allusion vulgaire à quelque propos «galant» tenu par lui jadis. La vanité des femmes a la mémoire longue; mais celle-ci ne venait point lui demander compte d'un compliment ou d'une méprise. D'une autre femme, totalement différente, il eût pu même craindre de se voir rappeler quelque imbécile «proposition». Aussi dans cette

Chapitre premier

obligation d'avouer qu'effectivement il avait oublié, il reconnaissait nettement une perte et non un bénéfice; déjà il voyait naître l'intérêt du sujet qu'elle abordait.

— J'essaie de me souvenir… mais j'y renonce. Pourtant je me souviens de ce jour de Sorrente.

— Je ne suis pas très sûre que vous vous souveniez, dit May Bartram après un moment, et je ne sais pas bien non plus si je dois désirer que vous vous souveniez. C'est terrible de ramener tout d'un coup quelqu'un en face de ce qu'il était dix ans auparavant. Si la vie depuis vous a éloigné de cela, — elle sourit, — tant mieux!

— Et si elle vous en a éloignée, *vous*, pourquoi pas moi? demanda-t-il.

— Éloignée, vous voulez dire de ce que j'étais, moi?

— De ce que, *moi*, j'étais. Ce qui est sûr, c'est que j'étais un âne, continua Marcher; mais j'aimerais savoir de vous de quelle espèce… Du moment que vous avez quelque chose dans l'idée, et plutôt que de ne rien savoir.

Elle hésitait pourtant encore.

— Mais si vous n'êtes plus du tout de ce genre…

— En ce cas je puis d'autant mieux supporter d'apprendre qui j'étais. D'ailleurs, peut-être suis-je encore de ce genre...

— Peut-être, mais en ce cas, ajouta-t-elle, vous vous souviendriez, je suppose. Non pas, au fait, que j'associe en rien mon impression à l'odieuse qualification que vous vous donnez. Pour peu que je vous eusse jugé sot ou fou, expliqua-t-elle, ce dont je parle ne me serait point resté en tête. C'était sur vous-même.

Elle attendit, comme si la mémoire pouvait lui revenir; mais comme à la seule interrogation de son regard il ne donnait point de réponse, elle se jeta à l'eau.

— Est-ce que la chose est arrivée? demanda-t-elle.

Alors il advint que, tandis qu'il continuait à la fixer, une soudaine lumière se fit en lui, et le sang lui monta lentement au visage que le feu de la mémoire commençait d'enflammer.

— Voulez-vous dire que je vous ai parlé de...? Il avala sa phrase, de peur que ce ne fût pas cela, par crainte de se trahir.

— C'était quelque chose sur vous-même, que l'on est naturellement forcé de se rappeler — pour peu que l'on se souvienne de vous, bien entendu. Voilà pourquoi je vous demande — elle sourit — si la chose dont vous me parliez alors est enfin arrivée?

Cette fois il comprit, mais, à son étonnement, il éprouva un embarras extrême. Ce qui la désola visiblement pour lui, comme si cette allusion avait été une erreur de sa part. Il ne lui fallut qu'un instant pour sentir qu'il n'y avait pas eu erreur mais surprise. Aussitôt passé le premier choc de cette surprise, il se prit, au contraire, à trouver au fait qu'elle «sût», malgré l'apparente étrangeté de la chose, une certaine douceur. Elle était donc la seule autre personne au monde qui *sût cela*; elle l'avait su pendant toutes ces années, tandis qu'il avait, lui, inexplicablement perdu tout souvenir d'avoir ainsi laissé échapper son secret. Ce n'était pas bien étonnant, dans ces conditions, qu'ils n'eussent pu se rencontrer comme si de rien n'était.

— Je pense, dit-il enfin, que je sais ce que vous voulez dire. Mais, c'est assez étrange, je n'avais pas gardé la moindre idée de vous avoir à ce point mise dans mes confidences.

— Vous seriez-vous donc confié ainsi à d'autres gens?

— À personne. Absolument personne depuis lors.

— De telle sorte que je suis la seule qui *sache* ?

— La seule personne au monde.

— Eh bien, répliqua-t-elle promptement, je n'en ai moi-même jamais parlé. Je n'ai jamais répété ce que vous m'avez dit… Elle le regarda si droit dans les yeux qu'il la crut sans réserve. Leurs regards se rencontrèrent de telle manière qu'aucun doute ne subsista en lui… — et je ne le répéterai jamais.

Le sérieux presque excessif avec lequel elle parlait, par son semblant d'excès même, le mit à l'aise, écartant tout soupçon de dérision de la part de la jeune fille. De toute manière, le problème dont il s'agissait lui était un luxe nouveau, c'est-à-dire du moment qu'elle y prenait part. Si elle ne considérait point la chose avec ironie, c'était donc qu'elle la considérait avec sympathie; et voilà ce que jamais, au grand jamais, il n'avait obtenu de personne au monde. S'il avait dû lui faire à présent la première confidence de son secret, il ne l'aurait pu; cela il le sentait bien; cependant il pouvait avoir le profit, silencieux, sans doute, de cet aveu fait autrefois.

— Je vous en prie, fit-il, n'en parlons jamais, n'est-ce pas? Nous sommes si bien comme cela.

— Oh! pour moi, oui. — Elle rit. — S'il en est de même pour vous!

Elle ajouta:

— Alors vous éprouvez toujours la même impression?

Il était impossible qu'il ne rapportât pas à lui-même l'animation dont elle témoignait, malgré le côté de révélation que tout cela ne laissait pas de présenter. Si longtemps, il s'était cru abominablement seul, et voilà qu'il n'était pas seul du tout. Il ne l'avait pas été, c'était clair, une seule heure, depuis les instants sur le bateau de Sorrente. C'était elle qui avait été seule, semblait-il découvrir en la regardant; et cela, de par sa faute, à lui, qui avait si inélégamment péché par infidélité. En lui disant ce qu'il lui avait dit alors, qu'avait-il fait, sinon lui demander une grâce, — une grâce qu'elle avait accordée, avec charité, sans qu'il eût, lui qui avait esquivé toute autre rencontre, tant fait que de la remercier d'un souvenir ou d'un retour de pensée. Ce qu'il lui avait demandé alors? Simplement de ne pas rire de lui. Et elle avait fidèlement tenu sa promesse pendant dix ans et elle la tenait encore. Aussi de quelle gratitude infinie avait-il à s'acquitter! Seulement, pour cela, il fallait qu'il sût au juste quelle idée elle s'était faite de lui.

— Comment vous ai-je donc dépeint exactement…

— … Votre impression? Oh! c'était très simple. Vous disiez que vous aviez toujours eu, dès votre plus jeune âge, au plus profond de vous-même, le sentiment d'être réservé pour quelque chose de rare et d'étrange, pour une possibilité prodigieuse et terrible, qui tôt ou tard devait vous arriver, dont vous aviez, jusque dans vos moelles, le présage et la certitude, et qui, probablement, vous accablerait.

— Vous appelez ça très simple? demanda John Marcher.

Elle réfléchit un instant.

— Sans doute, parce que, quand vous m'en parliez, je croyais comprendre.

— Vous compreniez cela? demanda-t-il avidement.

De nouveau elle tint ses bons yeux fixés sur lui.

— Vous éprouvez encore cette croyance?

— Oh! s'exclama-t-il, comme à bout de courage. Il y avait trop à dire.

— Quoi que ce puisse être, articula-t-elle clairement, ce n'est pas encore arrivé.

Il fit un signe négatif de la tête, complètement vaincu maintenant.

— Ce n'est pas arrivé... Seulement, vous savez, ce n'est pas quelque chose que je doive faire, accomplir dans le monde, ou qui puisse me valoir gloire ou réputation. Je ne suis pas aussi âne que ça. C'est probablement dommage, d'ailleurs.

— C'est donc quelque chose que vous avez simplement à subir?

— Dites à attendre, plutôt... que j'ai à rencontrer, à rencontrer en face, à voir soudainement surgir dans ma vie, qui pourra détruire en moi toute conscience, qui pourra m'annihiler, ou simplement tout corroder, atteignant dans ses racines tout mon univers et m'abandonnant aux conséquences, de quelque façon qu'elles se présentent.

Elle le laissa dire, mais la lueur qui brillait dans ses yeux continuait, pour lui, à n'être pas celle de la moquerie.

— Ce que vous décrivez, ne serait-ce

pas, peut-être, l'attente… ou, à quelque degré, le sentiment du danger, familier à tant de gens… de tomber amoureux?

John Marcher réfléchit:

— M'avez-vous demandé cela déjà?

— Non, je n'étais pas assez libre avec vous alors. Mais c'est ce qui me frappe à présent.

— Naturellement, dit-il après un temps. Cela vous frappe. Naturellement cela *me* frappe. Naturellement, ce que le sort tient en réserve pour moi peut n'être que cela. Seulement ce que je pense, continua-t-il, c'est que si ç'avait été cela, je le saurais à présent.

— Voulez-vous dire que vous avez été amoureux?

Et alors, comme il se contentait de la regarder en silence:

— Vous avez été amoureux, et ça n'a pas été pour vous un tel cataclysme, ce n'a pas été la grande épreuve?

— Je suis là, vous voyez bien. Ça ne m'a pas écrasé.

— Alors, ce n'a pas été de l'amour, dit May Bartram.

— En tout cas, je l'ai cru. J'ai cru que c'était ça, l'amour; je l'ai cru jusqu'à maintenant. C'était agréable, c'était délicieux, c'était misérable, expliqua-t-il. Mais ce n'était pas étrange. Ce n'était pas ce que doit être *mon* aventure à moi.

— Vous voulez donc quelque chose qui ne soit qu'à vous, quelque chose qu'aucun autre ne connaisse, ou n'ait connu?

— Il n'est pas question de ce que je «veux». Dieu sait que je ne veux rien! Il n'est question que de l'appréhension qui me hante... avec laquelle je vis jour après jour.

Il exprimait cette appréhension avec une lucidité si sûre, qu'il put voir l'effet s'en étendre. Si May Bartram n'avait pas été intéressée autrefois, elle ne pouvait pas ne pas l'être à présent.

— Est-ce le sentiment d'une menace violente?

Évidemment, aussi, il aimait reparler de cela.

— Je n'y pense pas, lorsque cela me vient, comme à une chose nécessairement violente. Mais comme à une chose naturelle, et, bien entendu, surtout, inévitable. J'y pense simplement comme à *la* chose. Quand elle viendra *la* chose paraîtra naturelle.

— Alors comment pourra-t-elle apparaître étrange?

Marcher s'interrogea.

— Elle ne m'apparaîtra pas étrange à moi.

— À qui alors?

— Eh bien, répliqua-t-il, souriant enfin, disons à vous.

— Oh! je dois donc être présente?

— Mais vous *êtes* présente... depuis que vous savez.

— Je vois. Mais je voulais dire à la catastrophe?

Pendant une minute, ils changèrent de ton, devinrent graves; ce fut comme si le long regard qu'ils échangèrent les liait l'un à l'autre.

— Cela dépendra de vous... Si vous veillez avec moi.

— Avez-vous peur? demanda-t-elle.

— Ne me laissez plus seul *maintenant*, continua-t-il.

— Avez-vous peur? répéta-t-elle.

— Croyez-vous tout simplement que j'aie perdu mon bon sens? poursuivit-il au lieu de répondre. Me prenez-vous tout bonnement pour un pauvre toqué?

— Non, dit May Bartram, je vous comprends, je vous crois.

— Vous voulez bien dire que vous sentez combien mon obsession — pauvre vieille chose — peut correspondre à une possible réalité?

— À une possible réalité.

— Alors vous voulez bien veiller avec moi?

Elle hésita, puis, pour la troisième fois, elle lui reposa sa question:

— Avez-vous peur?

— Vous ai-je dit cela... à Naples?

— Non, de cela, vous ne m'avez jamais rien dit.

— Alors je ne sais pas. Et j'aimerais savoir, dit John Marcher. Vous me direz vous-même ce que vous en pensez. Si vous veillez avec moi, vous verrez.

— Très bien alors.

Ils avaient en parlant traversé le salon, et, à la porte, avant de passer, ils s'arrêtèrent comme pour régler à fond leur accord.

— Je veillerai avec vous, dit May Bartram.

CHAPITRE II

Le fait qu'elle «savait» — qu'elle savait sans toutefois le railler ni le trahir — avait en peu de temps commencé d'établir entre eux un lien solide qui prit plus de force quand, dans l'année qui suivit leur après-midi à Weatherend, les occasions de rencontre se multiplièrent pour eux. L'événement qui favorisa ces occasions fut la mort de sa grand-tante à elle qui, depuis la mort de sa mère, avait trouvé l'abri le plus sûr sous l'aile de la noble vieille dame qui, bien qu'elle ne fût que la mère restée veuve du nouvel héritier du domaine, avait réussi — par sa haute dignité et sa force de caractère — à maintenir le rang prééminent de cette grande maison. La mort seule avait pu déposer ce personnage et il s'en était suivi quelques changements, en particulier en ce qui concernait la condition de la jeune femme, dont l'attention experte de Marcher n'avait point manqué de relever, dès le début, la dépendance. Cette dépendance, elle l'avait subie avec une fierté qui pouvait souffrir sans toutefois se hérisser. De longtemps rien n'avait donné plus d'aise à Marcher que l'espoir de voir cette meurtrissure adoucie par la possibilité qui s'offrait désormais à Miss Bartram de se faire un petit chez-elle à Londres. Il lui revenait quelque fortune — juste assez pour lui permettre ce luxe — de par le testament extrêmement compliqué de sa tante, et lorsque tout fut sur le point d'être liquidé, ce qui prit du temps, elle lui apprit que l'heureuse issue se laissait enfin entrevoir. Il n'avait pas attendu ce jour pour la revoir. D'abord elle avait à plusieurs reprises accompagné la vieille dame en ville; lui-même avait de nouveau rendu visite aux amis qui avaient si bien l'art de faire de Weatherend, la propriété voisine, un des agréments de leur propre hospitalité. Ces amis l'y avaient ramené. Il y avait poursuivi à nouveau ses tranquilles apartés avec Miss Bartram, et, à Londres, il avait plus d'une fois réussi à l'entraîner en de petites fugues loin de sa tante. Ils allaient ensemble, en ces occasions, à la National Gallery ou à South Kensington Museum où, au milieu de tant de témoins du passé, ils avaient toute liberté d'évoquer l'Italie, sans plus chercher à retrouver, comme la première fois, la saveur de leur jeunesse et de leur ignorance. Ce retour en arrière, à leur première rencontre à Weatherend, avait bien eu son utilité, et ils en avaient tiré tout le parti qu'il fallait; désormais, selon Marcher, ils ne tournaient plus autour des sources du fleuve à descendre, mais sentaient le plein courant emporter leur esquif.

Ils étaient littéralement à flot tous les deux; pour notre ami, cela ne faisait pas de doute. La participation de la jeune femme à son secret, trésor longtemps enseveli, était la cause bénie de ce nouvel état, cela non plus ne faisait point de doute. Il avait de ses propres mains déterré ce petit trésor et ramené à la lumière — c'est-à-dire à portée du demi-jour de leurs secrètes allusions — l'objet précieux enfoui par lui, dont il avait si longtemps, si étrangement, oublié la cachette. La rare chance d'avoir justement mis la main à la bonne place le rendait indifférent à tout autre souci. Il eût sans doute donné plus de temps à méditer le fait singulier de son manque de mémoire s'il n'avait été enclin à en donner davantage à ce sentiment de douceur, de réconfort quant à l'avenir, sentiment dont cette circonstance même avait préservé la fraîcheur. Il n'était jamais entré dans ses plans de voir son secret «connu» de quiconque; cela pour la simple raison qu'il n'était pas en lui d'en parler à quiconque; cela lui eût été impossible, car le monde n'eût réservé à semblable confidence que sa froideur étonnée. Mais puisqu'un mystérieux destin avait autrefois desserré ses lèvres malgré lui, il voulait maintenant que cela lui servît de compensation et retirer tout le bénéfice possible de cet aveu. Que la chose fût sue, puisqu'elle *devait* l'être, de la personne qu'il fallait, cela adoucissait l'aspérité de son secret plus encore qu'il ne pouvait le supposer, en sa crainte de se livrer; et May Bartram était bien celle qu'il fallait, c'était clair. Pourquoi?... simplement, parce qu'elle était celle qu'il fallait. Le fait seul qu'elle savait le démontrait; si elle n'avait pas été celle qu'il fallait, il s'en serait déjà aperçu. Et c'était bien là sans doute ce qui l'inclinait par trop à ne voir en elle qu'une simple confidente, révélée à lui par le fait — par le seul fait — de l'intérêt qu'elle prenait à son cas, par sa compassion, sa sympathie, son acquiescement à ne pas voir en lui le plus comique des hommes. S'apercevant enfin qu'elle lui était précieuse, en raison même de ce sentiment constant qu'elle lui donnait d'être tenu en réserve pour quelque étonnante possibilité, il prit soin néanmoins de se souvenir qu'elle avait aussi une vie à elle, toutes choses dont en amitié on devait également tenir compte. Une chose tout à fait remarquable se produisit alors en lui, à cet égard, qui consista en une certaine évolution de sa conscience, de la manière la plus soudaine, d'un extrême à l'autre.

De tout temps, il s'était cru le plus désintéressé des hommes, portant concentré en lui-même le fardeau de sa perpétuelle inquiétude toujours avec calme, avec retenue, se gardant d'en parler, d'en laisser entrevoir le moindre indice ni l'effet sur sa vie, de demander aux autres aucune concession à son caractère, et faisant pour sa part toutes celles qu'on lui demandait. Il n'avait pas cherché à imposer aux gens la curiosité de connaître ce phénomène: un homme hanté, si forte qu'en eût été la tentation, lorsqu'il entendait dire à certains qu'ils se sentaient vraiment «désaxés». S'ils étaient vraiment aussi désaxés que lui — lui qui n'avait pas connu une heure d'équilibre dans sa vie — ils sauraient alors ce que cela voulait dire. Mais tout de même, ce n'était pas à lui de leur montrer le chemin, et il se contentait de les écouter très civilement. C'est pourquoi il était si impeccable — quoique légèrement terne — en ses manières; c'est pourquoi, avant tout, il pouvait se regarder en ce monde stupide comme un homme entièrement dépourvu d'égoïsme — et quelque peu sublime aussi au fait. En tout cela, l'essentiel, quant à nous, est qu'il faisait assez grand cas de cette disposition de sa nature pour mesurer le danger actuel de la laisser faiblir, résolu qu'il était à prendre garde à cet écueil. Néanmoins, il était tout prêt à se montrer un tout petit peu égoïste, puisque, à coup sûr, il n'en aurait jamais plus agréable occasion. «Un tout petit peu», d'ailleurs, était exactement la dose que Miss Bartram pouvait, au jour le jour, permettre. Jamais, en tout cas, il ne se montrerait pressant et n'oublierait les limites qu'imposaient les égards — les suprêmes égards — qu'il lui devait. Il saurait soigneusement faire leur place aux affaires de la jeune femme, à ses besoins, comme aux exigences de sa personnalité — il allait jusqu'à leur permettre cette dénomination — qui se manifesteraient au cours de leurs relations. Tout cela montrait naturellement combien il faisait fond sur la suite de leur intimité. Quant à cette intimité, il n'y avait rien de plus à faire. C'était chose faite, réalité pure et simple, jaillie de cette première question pénétrante qu'elle lui avait posée là-bas dans la lumière automnale, à Weatherend. La vraie forme qu'eût dû prendre cette réalité, étant donné la large perspective offerte, eût été leur mariage. Mais le diable en cette affaire était que cette perspective mettait le mariage hors de question. Cette certitude qu'il avait, cette appréhension, cette obsession qui s'imposait à lui, ce n'était pas précisément un privilège qu'il pût inviter une femme à partager, et pour lui c'était bien, par voie de conséquence, cette circonstance qui faisait la difficulté. Une chose imprévisible l'attendait, cachée entre les plis et les replis des mois et des années, telle une bête fauve tapie dans la jungle. Peu importait que la Bête à l'affût dût l'abattre ou bien, au contraire, être abattue. Le fond indiscutable, c'était le bond inévitable du fauve, et, conclusion indiscutable aussi, qu'un homme de cœur ne saurait se faire accompagner par une femme à la chasse au tigre. Telle était l'image qui, en définitive, lui figurait sa vie.

Cependant ils n'avaient tout d'abord, au cours des heures de-ci de-là passées ensemble, fait aucune allusion à cette manière de voir la chose. C'était là un signe, qu'il fut joliment prompt à donner, de son intention, voire même de son souci de n'en pas toujours parler. Un trait de cette sorte, dans une attitude, était, à vrai dire, semblable à une bosse sur un dos. La différence que cela faisait à longueur de journée existait bien indépendamment de toute discussion. On discutait, bien sûr, *comme* un bossu, car il y avait toujours, à défaut d'autre chose, le visage de bossu. C'était inamovible, et elle veillait sur lui... Mais, en règle générale, l'on veille mieux en silence; tel serait désormais leur mode de veille. En même temps, toutefois, il ne voulait être ni raide ni solennel; raide et solennel, c'est sous ce jour qu'il croyait apparaître aux gens. La seule attitude à avoir, vis-à-vis de la seule personne qui sût, c'était d'être aisé et naturel, de provoquer l'allusion plutôt que de paraître l'éviter, de l'éviter plutôt que de paraître la faire et, en tout cas, de lui garder un tour familier, voire facétieux, plutôt que sinistre ou compassé. Il avait quelque idée de ce genre en tête, quand il écrivit par manière de plaisanterie à Miss Bartram que la grande chose qu'il avait si longtemps senti couver dans le giron des dieux, n'était peut-être que cet événement qui le touchait de si près: l'acquisition qu'elle venait de faire d'une maison à Londres. C'était, depuis Weatherend, la première allusion directe qu'ils eussent faite au sujet, ayant jusque-là si peu éprouvé le besoin d'en faire aucune. Mais quand elle lui répondit, après lui avoir donné de ses nouvelles, qu'elle n'était aucunement satisfaite de voir semblable vétille combler semblable attente, elle l'amena presque à se demander si la conception qu'elle se faisait de son cas ne dépassait point en singularité celle qu'il s'en faisait lui-même. En tout cas, il était destiné à s'apercevoir petit à petit, avec le temps, que la jeune femme ne cessait de surveiller sa vie, de la juger, de la sonder à la lumière du secret qu'elle partageait et qui finit, avec la consécration des années, par n'être jamais mentionné entre eux autrement que comme «le fin mot» à son propos. C'est toujours sous cette forme qu'il y faisait allusion et cette forme, elle l'adopta si tranquillement que, plus tard, faisant un retour en arrière, il vit que l'on n'eût su relever le moment où elle avait pénétré le fond de son idée, et passé d'une attitude généreuse à une autre attitude, plus généreuse encore, quand elle avait cessé de l'excuser pour se mettre à le croire.

Il lui était toujours loisible d'accuser son amie de ne voir en lui que le plus inoffensif des maniaques et ce fut à la longue — par tout ce qu'elle embrassait — la description la plus commode qu'il pût donner de leur amitié. Aux yeux de la jeune femme il y avait bien en lui quelque chose qui clochait; mais elle l'aimait quand même et était pratiquement, contre le reste du monde, sa sage et bonne gardienne, pas rémunérée mais bien intéressée, et, en l'absence de liens plus intimes, pourvue d'une occupation nullement déshonorante. Naturellement le reste du monde trouvait Marcher assez étrange; mais elle, elle seule, savait le comment et le pourquoi surtout, de son étrangeté; c'était précisément ce qui la mettait en mesure de draper convenablement sur lui le voile du mystère. Elle adopta sa gaieté — du moins ce qui entre eux faisait figure de gaieté — comme elle adopta tout le reste; à tout le moins, elle fit tant que de justifier par son tact infaillible ce sens subtil qu'avait Marcher du degré de persuasion où il était parvenu à l'amener. Elle ne parlait jamais du secret de sa vie à lui autrement que comme du «fin mot à votre propos»; et cependant elle avait une merveilleuse façon d'en faire, semblait-il, le secret de sa propre vie, à elle aussi. Et voilà comment il finit par avoir, si constant, le sentiment qu'elle lui accordait toute son indulgence; quel autre nom eût-il pu donner aux dispositions de la jeune femme? Il n'était point sans s'accorder quelque indulgence à lui-même; mais elle lui en accordait bien davantage, parce que, mieux placée pour se faire une vue exacte des choses, elle dépistait son malheureux vice à certains détours où il ne fût guère, lui, parvenu à le suivre. Il était au courant de ce qu'il ressentait; elle aussi; mais, en outre, elle ne laissait pas de savoir aussi bien ce dont il avait l'air. Il n'ignorait aucune des choses importantes que son insidieuse fatalité le retenait de faire; mais elle, elle pouvait en faire le compte, distinguer tout ce qu'avec un poids moins lourd sur l'âme il eût pu faire, et par là établir à quel point, malgré ses capacités, il se trouvait amoindri. Surtout elle était dans le secret de la différence de plan qui existait entre ses faits et gestes à lui, ceux qui avaient trait à ces petites fonctions administratives, à la gestion de son modeste patrimoine, à l'entretien de sa bibliothèque et de son jardin à la campagne, à ses relations de Londres, dont il acceptait et rendait les invitations, et le détachement qui régnait au-dessous et qui faisait de toute sa contenance au cours de la vie — de tout ce qui du moins peut être appelé contenance — un long acte de dissimulation. Il en était venu à porter un masque, le masque peint de la grimace mondaine; mais à ses orbites se montrait un regard dont l'expression ne s'accordait en rien avec les autres traits. Cela, le monde en sa stupidité, même après des années, ne l'avait jamais aperçu qu'à demi. Seule May Bartram en avait fait la découverte, et elle avait accompli d'un seul et même coup, à moins que ce ne fût en deux temps, ce tour de force de rencontrer de face les yeux du personnage et de partager cependant sa vision, comme si, penchée sur son épaule, elle regardait aussi par les trous du masque.

Ainsi veilla-t-elle avec lui, cependant qu'ils vieillissaient ensemble; ainsi laissa-t-elle cette association donner forme et couleur à sa propre existence. Sous ses gestes à elle aussi, le détachement s'était accompli, et sa contenance au cours de la vie ne donnait désormais d'elle, socialement, qu'un aspect faux. Il n'y avait qu'un aspect d'elle-même qui eût été vrai tout le temps, et celui-là elle ne pouvait franchement le donner à personne, moins à John Marcher qu'à tout autre. Toute son attitude à elle n'était qu'une déclaration informulée; mais il semblait que Marcher ne pût en percevoir l'aveu qu'au nombre des données confuses qui, par la force des choses, se pressaient hors du champ clair de sa conscience. Si d'ailleurs le «fin mot» de leur attente requérait, d'elle comme de lui, quelques sacrifices, il fallait bien admettre que la compensation qu'elle en retirerait un jour se présenterait avec plus de naturel et de promptitude. Ils eurent à cette époque, à Londres, de longues périodes au cours desquelles, quand ils se trouvaient ensemble, un étranger eût pu écouter leur conversation sans avoir le moins du monde à dresser l'oreille; cependant, à tout instant, le «fin mot» était là, prêt à remonter à la surface, et l'auditeur se serait alors demandé avec surprise de quoi vraiment ils pouvaient bien parler. De bonne heure ils avaient décidé que l'intelligence n'était point, par chance, le fait du monde et qu'une belle marge leur était ainsi laissée; c'était un des lieux communs où ils se complaisaient. Cependant il y avait encore des moments où la situation se tendait un peu — généralement sous l'effet de quelque expression qu'elle laissait échapper. Sans doute ses expressions se répétaient; mais elle les espaçait généreusement. «Ce qui nous sauve, savez-vous, c'est de répondre d'une façon si parfaite au plus banal des clichés: celui de l'homme et de la femme dont l'amitié est devenue une habitude si quotidienne — ou presque — que finalement ils ne peuvent plus s'en passer.» C'était là, par exemple, une des remarques qu'elle avait eu assez fréquemment l'occasion de faire, tout en lui donnant à diverses reprises des développements différents. Ce qui nous intéresse plus particulièrement, c'est le tour qu'il lui arriva de donner à ce thème un après-midi où il était venu la voir en l'honneur de son anniversaire de naissance. Cet anniversaire était tombé un dimanche, en une saison de brouillard épais et de grande tristesse extérieure; mais il avait apporté son offrande coutumière, la connaissant depuis assez longtemps pour avoir établi entre eux cent petites traditions semblables. C'était, ce petit cadeau d'anniversaire, une des preuves par lesquelles il se démontrait à lui-même qu'il n'avait pas encore sombré dans le plus complet égoïsme. Ce n'était la plupart du temps qu'une babiole, mais toujours d'un goût excellent, et il prenait toujours soin de dépenser à cette acquisition plus qu'il n'estimait pouvoir se le permettre.

— Nos habitudes vous sauvent, vous au moins, ne trouvez-vous pas? C'est grâce à elles, après tout, qu'aux yeux du vulgaire vous ne vous distinguez en rien des autres hommes. Quelle est la caractéristique la plus invétérée des hommes en général? N'est-ce point la capacité qu'ils ont de passer indéfiniment leur temps avec des femmes ennuyeuses, de le passer, je ne dirai pas sans s'ennuyer, mais, ce qui revient au même, sans prendre garde qu'ils s'ennuient, sans en être incommodés jusqu'à chercher à prendre la tangente. C'est moi qui suis votre femme ennuyeuse, une part de ce pain quotidien pour lequel vous priez à l'église. Et voilà qui couvre vos voies mieux que n'importe quoi.

— Et qu'est-ce qui couvre les vôtres? demanda Marcher que sa femme ennuyeuse savait presque toujours autant divertir. Je vois, naturellement, ce que vous voulez dire par me «sauver»; en ce sens et vis-à-vis des gens, je saisis parfaitement votre idée. Seulement, qu'est-ce qui vous sauve, vous? Je pense souvent à cela, vous savez.

Elle avait l'air d'y avoir quelquefois bien pensé, elle aussi, mais pas tout à fait de la même façon.

— Vis-à-vis des autres gens, vous voulez dire?

— Eh bien, vous savez, nous sommes si intimement liés, vous et moi, — et ce qui vous lie à moi est un peu la conséquence de ce qui me lie à vous. Je parle de l'immense respect que je vous porte, de l'incommensurable gratitude que j'éprouve pour tout ce que vous avez fait pour moi. Je me demande quelquefois si c'est bien juste, tout cela, j'entends de vous avoir ainsi entraînée et de vous avoir fait, je puis bien le dire, vous intéresser ainsi à moi. J'ai comme une impression que vous n'avez vraiment jamais le temps de faire quoi que ce soit d'autre.

— Quoi que ce soit d'autre que de m'intéresser à vous? demanda-t-elle. Eh! que peut-on souhaiter de mieux? Si j'ai continué à «veiller» avec vous, comme nous convînmes autrefois que je le ferais, veiller, en soi, c'est toujours s'absorber.

— Oh! certainement, dit John Marcher, s'il n'y avait pas eu de votre part curiosité!... Seulement ne pensez-vous pas quelquefois, à mesure que le temps passe, que votre curiosité ne se trouve pas particulièrement bien payée?

May Bartram resta un instant avant de répondre:

— Demanderiez-vous cela par hasard, parce que vous pensez que la vôtre ne l'est pas? Je veux dire parce qu'elle vous fait trop attendre.

Oh, il comprenait ce qu'elle voulait dire:

— Quoi? la chose qui doit arriver, et

qui n'arrive pas? Le bond de la bête?...
Non, quant à ça, j'en suis toujours au
même point. Là-dedans, voyez-vous, il n'y
a pas à *choisir*, à vouloir changer. Ce n'est
pas une chose à quoi on *puisse* changer
quoi que ce soit. Les dieux la couvent dans
leur giron. L'on est dans les mains de sa
destinée, et voilà tout! Quant à la forme
que la destinée prendra, la façon dont elle
opérera, ça c'est son affaire!

— Oui, répliqua May Bartram, naturellement pour chacun la destinée s'accomplit; naturellement pour chacun elle *est déjà*
accomplie, dans sa forme particulière, et
selon ses propres voies, toujours et tout le
temps. Seulement, vous savez, la forme et
les voies du destin, dans votre cas, auraient
dû être... n'est-ce pas? quelque chose de si
exceptionnel, quelque chose, je dirai de si
particulier à vous.

Il y avait dans ces mots je ne sais quoi
qui le fit regarder May Bartram avec
suspicion.

— Vous dites: «*auraient dû* être», comme
si, dans votre cœur, vous aviez commencé à
douter.

— Oh! protesta-t-elle vaguement.

— ... Comme si vous croyiez, continua-t-il, que rien désormais n'aura plus lieu.

Elle fit un signe négatif de la tête lentement, mais d'une manière assez impénétrable.

— Vous êtes loin de ma pensée.

Il continua à la regarder:

— Alors qu'est-ce que vous voulez dire?

— Eh bien, dit-elle après une autre pause, je veux dire simplement que je suis plus sûre que jamais que ma curiosité, comme vous dites, ne sera que trop payée.

Ils étaient franchement graves à présent. Il s'était levé de son siège et tournait une fois de plus autour de ce petit salon, où, année sur année, il avait apporté avec lui son éternelle question, et, selon son mot, mis leur intimité à toutes les sauces, où chaque objet lui était aussi familier que ceux de sa propre maison, où les tapis même étaient usés de son pas soucieux, tout comme les pupitres des vieux comptoirs sont usés par les coudes de générations entières de commis. Les générations de ses modes nerveux avaient été à l'œuvre à cet endroit, et à cette place était écrite l'histoire de tout le milieu de sa vie. Sous l'impression de ce que son amie venait de dire, il se rendit mieux compte pour certaines raisons de ce qu'il savait déjà, ce qui, après un moment, le fit de nouveau s'arrêter devant elle :

— Est-il possible que vous ayez peur, maintenant ?

— Peur ?

Comme elle répétait le mot, il lui sembla qu'à sa question, la jeune femme avait légèrement changé de couleur, si bien que, de crainte d'avoir mis le doigt sur une vérité, il expliqua très obligeamment :

— Vous souvenez-vous que c'est justement ce que vous me demandiez à moi, il y a longtemps, ce premier jour à Weatherend ?

— Oui, et vous me disiez que vous ne saviez pas, que je verrais par moi-même. Nous avons peu parlé de cela, depuis tout ce temps.

— Précisément, interrompit Marcher, tout comme si c'était un sujet trop délicat pour l'aborder librement. Tout comme si, en insistant un peu, nous risquions de découvrir que j'ai réellement peur. Car alors, nous ne saurions vraiment que faire, n'est-ce pas ?

Elle n'avait, pour l'instant, pas de réponse à cette question.

— Il y a eu des jours où je pensais que vous aviez peur. Mais, bien entendu, ajouta-t-elle, il y a eu des jours où nous avons presque pensé à tout.

— À tout. Oh! gémit doucement Marcher en un soupir qu'on eût dit exhalé à la face, plus dévoilée en cet instant qu'elle ne l'avait été depuis longtemps, de l'imagination qui ne les quittait pas. Il y avait toujours eu ces moments imprévisibles où elle surgissait, elle dardait des regards qui paraissaient jaillir des yeux de la Bête elle-même; et tout habitué qu'il fût à eux, ils pouvaient encore lui arracher le tribut d'un soupir qui montait des profondeurs de son être. Toutes leurs imaginations, de la première à la dernière, déferlaient à présent sur lui; tout le passé semblait n'avoir été qu'une aride spéculation. La réduction du tout au seul état d'attente, telle était l'impression frappante qui émanait de ce lieu; il ne restait plus que cette attente qui semblait en suspens dans le vide d'alentour. Même sa peur initiale, si peur il y avait eu, s'était perdue dans ce désert.

— Vous voyez, en tout cas, continua-t-il, du moins je le présume, que je n'ai pas peur à présent.

— Ce que je vois, ce que je découvre, c'est que vous avez accompli une chose presque sans précédent en fait d'accoutumance au danger. De vivre avec lui si longtemps et d'aussi près, vous avez perdu la crainte que vous éprouviez jadis. Vous savez qu'il est là et vous restez indifférent, et vous n'avez plus besoin, comme autrefois, de siffler dans l'obscurité. À considérer le péril tel qu'il existe, conclut May Bartram, je dois dire que je ne crois pas que votre attitude puisse être surpassée.

John Marcher sourit faiblement:

— Est-ce qu'elle est héroïque?

— Certainement, qualifiez-la ainsi.

Il réfléchit:

— Je suis donc un homme de courage?

— C'est bien là ce que vous deviez me montrer.

Cependant il s'étonnait encore:

— Mais l'homme de courage ne sait-il pas ce dont il a peur ou pas peur? Moi, je ne sais pas, voyez-vous. Je n'ai pas ça dans l'œil. Je ne peux pas nommer ça. Tout ce que je sais, c'est que je suis exposé.

— Oui, mais exposé — comment dirai-je? — si directement... si intimement. C'est sûrement suffisant.

— Suffisant pour vous faire sentir — ce sera là, si vous le voulez bien, la fin de notre veille — que je n'ai pas peur.

— Vous n'avez pas peur. Mais nous n'avons pas, dit-elle, fini de veiller. Vous du moins. Vous avez encore tout à voir arriver.

— Et vous pas? Pourquoi pas vous? demanda-t-il.

Il avait eu, tout ce jour-là, le sentiment qu'elle gardait quelque chose par-devers elle, et il l'avait encore. Comme c'était la première fois qu'il avait cette impression, cela marquait une date. Le coup fut d'autant plus accusé qu'elle resta d'abord sans répondre, ce qui l'amena de nouveau à continuer:

— Vous savez quelque chose que je ne sais pas.

Pour la voix d'un homme de courage, la sienne tremblait alors un peu.

— Vous savez ce qui doit arriver.

Son silence, avec le visage qu'elle montrait, était presque un aveu; il y puisa une certitude.

— Vous savez et vous avez peur de le dire. Est-ce donc si mauvais que vous ayez peur que je devine?

Tout cela pouvait être vrai, car, à la voir, on eût dit que, contrairement à son attente, il avait franchi quelque cercle mystique qu'elle avait autour d'elle mystérieusement tracé. Il se pouvait pourtant, après tout, qu'elle n'en fût pas autrement émue. Et le comble était qu'en toute hypothèse il n'eût pas, lui, à s'émouvoir.

— Vous ne devinerez jamais.

CHAPITRE III

Tout cela devait faire néanmoins, comme je l'ai dit, date; pour preuve, le fait qu'à plusieurs reprises, même après de longs intermèdes, d'autres choses qui se passaient entre eux ne faisaient qu'endosser, par rapport à ce moment, le caractère de rappels et de résultats. L'effet immédiat avait été, plutôt, d'alléger l'insistance — presque de provoquer une réaction; comme si leur sujet de conversation avait chuté de son propre poids et comme si, qui plus est, en ce qui le concernait, Marcher avait été visité par l'un de ces avertissements occasionnels contre l'égotisme. Il sentait qu'il avait gardé, et fort élégamment dans l'ensemble, une conscience de l'importance qu'il y avait à fuir l'égoïsme, et il était vrai qu'il n'avait jamais péché dans cette direction sans promptement tenter de faire pencher la balance de l'autre côté. Il réparait souvent ce défaut, lorsque la saison le permettait, en invitant son amie à l'accompagner à l'opéra; de sorte qu'il arrivait relativement souvent, pour montrer qu'il ne souhaitait point qu'elle n'eût qu'un seul type de nourriture pour alimenter son esprit, qu'il fût la cause de son apparition à ses côtés dans ces lieux une douzaine de nuits par mois. Il arrivait même que, la raccompagnant chez elle dans ces circonstances, il entrât occasionnellement avec elle pour finir, comme il disait, la soirée, et, pour mieux se faire comprendre, qu'il prît place pour partager le petit souper, frugal mais toujours délicat, qui attendait son plaisir. Il se faisait comprendre, estimait-il, en n'insistant pas éternellement, avec elle, sur lui-même; ainsi, par exemple, en ces heures où il arrivait que, devant son piano à elle, que tous deux connaissaient bien, ils rejouent des passages de l'opéra ensemble.

Ce fut au cours de l'une de ces soirées, cependant, qu'il lui advint de rappeler à son amie une certaine question à laquelle elle n'avait pas répondu: celle qu'il lui avait posée au cours de leur conversation du dernier anniversaire:

— Qu'est-ce qui vous *sauve*, vous?

Il entendait ce qui la sauvait de cette apparence de singularité qui l'eût distinguée du type humain courant. S'il était vrai qu'il eût, comme elle le prétendait, déjoué l'attention, en imitant le commun des hommes dans le plus important des détails, qui consiste à résoudre le problème de la vie par une alliance agencée vaille que vaille avec une femme quelconque, elle, comment l'avait-elle déjouée? et se pouvait-il qu'une alliance telle que la leur, étant donné qu'il fallait bien supposer qu'elle avait été plus ou moins remarquée, ait manqué qu'on parlât plutôt en bien d'elle?

— Je n'ai jamais dit, répliqua May Bartram, qu'elle n'avait pas fait parler de moi.

— Eh bien, alors, vous n'êtes pas «sauvée»?

— C'est une question qui n'a pas compté pour moi. Si vous avez eu votre femme, dit-elle, moi j'ai eu mon homme.

— Par là vous entendez que vous vous en arrangez?

Elle hésita.

— Je ne vois pas pourquoi je ne m'en arrangerais pas — humainement, puisque c'est de cela que nous parlons — autant que vous vous en arrangez vous-même.

— Je vois, retourna Marcher... «humainement» n'est-ce pas? signifie que vous vivez pour quelque chose, c'est-à-dire pas seulement pour moi et mon secret.

May Bartram sourit.

— Je ne vais pas jusqu'à dire que cela prouve précisément que je ne vive pas pour vous. C'est mon intimité avec vous qui est en question.

Il rit, comprenant son idée.

— Oui, mais étant donné, comme vous le dites, qu'aux yeux des gens je ne suis qu'un homme ordinaire, vous n'êtes, par conséquent, vous aussi, qu'une femme ordinaire... n'est-ce pas? Vous m'aidez à passer pour un homme comme les autres. Donc, si je suis un homme comme les autres, pour autant que je vous comprenne, vous n'êtes pas compromise. Est-ce cela?

À nouveau, selon son habitude, elle marqua une hésitation; mais elle s'exprima assez clairement:

— C'est cela même. Tout mon rôle à

moi, c'est cela: vous aidez à passer pour un homme comme les autres.

Il prit soin d'accueillir galamment la remarque.

— Comme vous êtes bonne, comme vous êtes vraiment merveilleuse pour moi! Comment m'acquitterai-je jamais envers vous?

Elle marqua encore une pause grave, la dernière, comme s'il y avait le choix entre les moyens. Mais elle choisit:

— En continuant d'être comme vous êtes.

Ce fut bien dans ce «comme vous êtes» qu'ils retombèrent; et si longtemps que fatalement le jour vint où ils durent donner un nouveau coup de sonde dans les profondeurs qui s'ouvraient sous eux. Ces profondeurs, constamment franchies sur un échafaudage solide en dépit de sa légèreté et de ses oscillations accidentelles, les incitaient de temps à autre, dans l'intérêt de leurs nerfs, à jeter la sonde et à mesurer l'abîme. D'autant que dans leurs relations un changement radical était survenu: au cours de cette période, en effet, elle n'avait jamais paru éprouver le besoin de réfuter le reproche qu'il lui avait adressé à la fin de leurs dernières et plus importantes discussions: de garder par-devers elle une idée qu'elle n'osait pas exprimer. Il s'était donc mis dans la tête qu'elle «savait» quelque chose et que ce qu'elle savait était fâcheux pour lui — si fâcheux qu'elle ne pouvait le lui dire. Quand il avait insinué qu'elle avait peur de le voir deviner une arrière-pensée si fâcheuse, sa réponse avait laissé planer l'équivoque sur un sujet désormais trop ambigu pour être abandonné et cependant trop dangereux, eu égard à la sensibilité de Marcher, pour être abordé de nouveau. Il se contentait de tourner autour, à une distance qui, alternativement, s'allongeait ou se raccourcissait sans toutefois être sensiblement modifiée par le sentiment intime qu'elle ne pouvait, après tout, rien savoir que lui-même ne sût aussi bien. Elle n'avait pas de sources de connaissance qu'il n'eût également, sauf peut-être, évidemment, des nerfs plus sensibles. Cette sensibilité est une propriété des femmes à l'égard de ce qui les intéresse; elles découvrent dans les affaires des autres des choses que les gens en cause ne peuvent découvrir eux-mêmes. Leurs nerfs, leur sensibilité, leur imagination sont autant d'organes conducteurs et révélateurs. Pour May Bartram, ce qu'il y avait de beau en elle, c'était qu'elle se fût ainsi consacrée à son cas. Il sentait grandir en lui une impression que, par un fait assez étrange, il n'avait jamais éprouvée, auparavant, une crainte confuse de perdre son amie, par quelque catastrophe, — quelque catastrophe qui ne serait pourtant pas *la* catastrophe. Cette impression avait une double cause: d'abord et presque tout d'un coup il avait senti qu'elle lui était précieuse à un point qu'il n'avait jamais soupçonné; ensuite certains signes d'incertitude dans la santé de la jeune femme étaient récemment survenus qui coïncidaient avec cette découverte. Un détail était caractéristique du détachement intérieur qu'il avait jusque-là si fructueusement cultivé et auquel se réfère toute cette description de notre personnage: jamais encore il n'avait senti ses appréhensions, si compliquées qu'elles fussent, se resserrer autour de lui comme en cette crise; au point même qu'il se demandait s'il ne se trouvait point, par hasard, aux abords d'une réalité que l'œil ou l'ouïe pût percevoir, dans les parages ou à portée, dans la juridiction immédiate de la chose qui le guettait.

Toujours est-il que, lorsque vint le jour

qui fatalement devait venir, où son amie lui confessa ses craintes de graves désordres dans son sang, il sentit passer sur lui l'ombre d'un changement de destinée et le froid d'un saisissement. Il se mit aussitôt à imaginer malheurs et désastre et par-dessus tout à voir dans le danger qu'elle courait la menace directe de la perte qu'il était personnellement exposé à subir. Ceci, à vrai dire, lui valut un de ces partiels regains de sérénité qui lui étaient doux, en lui démontrant que ce qu'elle était elle-même exposée à perdre occupait toujours la première place dans sa pensée. «Que serait-ce s'il fallait qu'elle meure avant de savoir, avant d'avoir vu…?» Cette question, il eût été brutal, durant les premiers progrès de son mal, de la poser à la jeune femme; mais c'était bien là celle qui, tout de suite, avait retenti à l'oreille de Marcher, songeant à lui-même, et c'est bien cette éventualité redoutée qui le faisait s'attrister sur le sort de son amie. Si, par contre, elle se trouvait dès à présent «savoir», c'est-à-dire si elle avait — que croire? — d'irrésistibles lumières mystiques, les choses n'en iraient pas mieux mais plus mal, étant donné qu'en faisant sienne la curiosité qui le dominait, elle avait fait de cette attente le support même de sa vie. Elle avait vécu pour le spectacle de ce qui devait se produire, et quel ne serait pas son déchirement d'avoir à partir avant que la chose à voir ne se fût accomplie? Ces réflexions, dis-je, stimulaient sa générosité. Cependant, l'explique qui pourra, il se sentait de plus en plus démonté au fur et à mesure que cette phase avançait. Elle avançait pour lui d'un train étrangement rapide et sûr et la plus singulière des singularités de cette période fut qu'elle lui apporta, outre la menace d'un grand embarras, la seule véritable surprise, ou presque, que sa carrière — si on peut appeler cela une carrière — lui eût encore procurée. Elle gardait la chambre comme elle n'avait encore jamais fait; il fallait qu'il vînt à elle pour la voir — elle ne pouvait désormais plus aller à sa rencontre nulle part, quoiqu'il n'y eût guère de coin de leur cher vieux Londres où, jadis, elle ne l'eût, une fois ou l'autre, attendu; et il la trouvait toujours assise près de son feu, au fond de ce grand fauteuil d'autrefois qu'elle était de moins en moins capable de quitter. Un jour, après une absence excédant sa mesure habituelle, il avait été frappé de la trouver tout d'un coup beaucoup plus âgée qu'il n'avait jamais cru; puis il reconnut que la soudaineté de cette impression n'était que de son fait — simple et soudaine constatation. Si elle paraissait plus vieille, c'est que fatalement, après tant d'années, elle *était* vieille, ou presque; ce qui, naturellement, était plus vrai encore de son compagnon. Si elle était vieille, ou presque, John Marcher l'était aussi, assurément, et cependant c'était parce qu'elle lui en apprenait, non par lui-même, qu'il parvenait à cette vérité. Ce fut là le commencement de ses surprises; elles ne tardèrent pas à se multiplier; elles semblaient pressées de surgir; ce fut la chose la plus curieuse du monde: l'on eût dit qu'elles avaient été gardées en réserve, en un semis serré, pour le soir de sa vie, morte saison pour l'imprévu quant à la plupart des hommes.

Il se surprit un jour — ce fut l'une de ces surprises: il se prit *sur le fait*, en train de se demander si *réellement* le grand événement n'allait pas se produire dès maintenant sous la seule espèce, sans plus, du malheur de voir disparaître de sa vie cette charmante femme, cette admirable amie. Jamais il ne l'avait, sans la moindre réserve, qualifiée de la sorte, tandis qu'il était confronté en pensée à une telle possibilité; malgré tout, il y avait peu de doute, en ce qui le concernait, qu'en réponse à cette longue énigme qui était la sienne le simple effacement d'un trait, même aussi fin, de sa situation, serait une chute abjecte. Cela représenterait, par rapport à son attitude passée, une perte de dignité sous l'ombre de laquelle son existence ne pouvait qu'être condamnée à devenir le plus grotesque des échecs. Il avait été loin de la tenir pour un échec — aussi longtemps qu'il eût attendu l'apparition de la circonstance qui devait en faire un succès. Il s'était attendu à tout, mais pas à une chose comme celle-là. Sa bonne foi d'ailleurs vacillait lorsqu'il reconnaissait combien longtemps il avait attendu ou du moins combien longtemps sa compagne avait attendu. Qu'il pût, en tout cas, être dit qu'elle avait attendu en vain, voilà qui l'affectait durement, d'autant qu'au début il n'avait guère fait que s'égayer de cette supposition. Cela devenait plus grave à mesure que s'aggravaient l'état de la jeune femme et la disposition d'esprit qui en résultait chez lui, qu'il finit par surveiller comme si c'eût été quelque difformité physique déterminée de sa personne extérieure, peut-être considérée comme une des surprises qui l'attendaient. À celle-ci s'en ajouta une autre encore: le sentiment réellement stupéfiant d'une interrogation intime qu'avec un peu plus de courage il aurait laissé se formuler d'elle-même. Qu'est-ce que tout cela voulait dire — ou, plus exactement, que voulait-elle dire, *elle*, elle et sa vaine attente et sa mort probable et le muet avertissement de tout cela? — sinon qu'à cette heure il était simplement, il était irrémédiablement trop tard? Il n'avait encore, à aucune phase de son étrange prise de conscience, jamais accueilli même le murmure d'un semblable correctif; il n'avait jamais, jusqu'à ces tout derniers mois, été si infidèle à sa conviction intime que de manquer à soutenir que ce qui devait lui arriver avait encore le temps de se produire — qu'il se considérât, *lui*, dans son for intérieur, comme ayant encore le temps devant lui ou comme ne l'ayant plus. En fin de compte, voilà qu'il ne l'avait certainement plus, ou, si l'on préfère, ne l'avait que dans la proportion la plus infime. Telle ne tarda pas à être, au train dont les choses allèrent pour lui, la conclusion avec laquelle sa vieille obsession eut à compter: et cette conclusion n'était pas contredite par l'apparence, confirmée chaque jour davantage, qu'à ce grand vague dont l'ombre avait escorté sa vie il ne restait pour attester sa réalité qu'une marge pour ainsi dire nulle. Puisque c'était dans le Temps qu'il avait à rencontrer son destin, c'était également dans le Temps que son destin avait à s'accomplir; et comme il s'éveillait au sentiment de n'être plus jeune, qui est exactement le sentiment d'être usé, qui équivaut à son tour au sentiment d'être affaibli, ses yeux s'ouvraient à un second aspect de la question. Tout cela se tenait; ils étaient soumis, lui et le grand vague, à une égale et commune loi. Quand les possibilités, elles aussi, se sont usées, quand le secret des dieux s'est éventé, voire même tout à fait évaporé, alors, mais alors seulement, il y a échec. Il n'y a pas échec à être ruiné, déshonoré, mis au pilori, pendu. L'échec, c'était de n'être rien. Et ainsi, dans la sombre vallée où sa destinée avait pris ses détours imprévus, il allait, à tâtons, d'étonnement en étonnement. Peu lui importait quelle terrible débâcle pût le surprendre dans sa fortune, à quelle ignominie ou quelle monstruosité il pouvait encore être associé — puisque

après tout il n'était pas encore trop vieux
pour souffrir — si seulement la catastrophe
était convenablement proportionnée à la
posture qu'il avait gardée, toute sa vie, face
à cette présence promise. Il ne lui restait
qu'un désir — «n'avoir pas été refait».

CHAPITRE IV

C'est alors que, par un après-midi où le printemps de l'année était dans sa plus jeune nouveauté, elle fit front, comme elle savait faire, à son aveu le plus franc de ces alarmes. Il était venu la voir à une heure tardive; mais le soir n'était pas encore tombé et elle lui apparut dans cette jeune lumière qui se prolonge aux finissantes journées d'avril et qui souvent nous affecte une tristesse plus aiguë que les heures les plus grises de l'automne. La semaine avait été chaude, le printemps était réputé précoce, et pour la première fois de l'année May Bartram était sans feu chez elle. Cette circonstance, aux yeux de Marcher, donnait au décor où elle apparaissait un lustre ultime, un air de savoir, dans son ordre immaculé et sa gaieté inexpressive et froide, que l'on n'y verrait jamais plus de feu. Elle-même, par son propre aspect, — il eût à peine su dire pourquoi, — intensifiait cette impression. Presque aussi blanche que cire, son visage marqué d'imperceptibles signes, si nombreux et si fins qu'on les eût crus tracés à l'aiguille, drapée en de molles étoffes blanches relevées d'une écharpe d'un vert passé dont les années avaient encore affiné le ton délicat, elle offrait l'image d'un sphinx serein, délicieux mais impénétrable, dont la tête, voire même toute la personne, eût été poudrée d'argent. Sphinx elle était; cependant ses blancs pétales et sa verte guirlande eussent aussi pu faire d'elle un lis — mais un lis artificiel, admirablement imité et constamment préservé, sous quelque nette cloche de verre, de toute poussière et de toute souillure, mais non d'une légère défaillance à la longue et des mille plissures du relâchement. Il régnait toujours dans ses appartements un ordre domestique absolu, une suprême perfection de fini et de netteté; mais à présent l'on eût dit que tout y avait été roulé, rentré, enlevé pour qu'elle y pût rester mains jointes et n'ayant plus rien à faire. Elle était «en dehors», dans sa vision à lui; son ouvrage était terminé; elle communiquait avec lui comme à travers un golfe, comme d'une île de repos qu'elle eût déjà atteinte; et cela donnait à Marcher le sentiment d'être étrangement abandonné. Était-ce — ou plutôt n'était-ce point — que, depuis le temps qu'elle veillait à son côté, la réponse à leur interrogation avait dû déjà poindre à son regard et s'être fait connaître, en sorte que rien ne l'occupait plus? N'était-il point allé jusqu'à lui en faire grief en lui disant, plusieurs mois auparavant, que d'ores et déjà elle savait quelque chose qu'elle lui cachait? Depuis il ne s'était jamais aventuré à insister sur ce point, dans la crainte vague que cela ne devînt entre eux un sujet de dissentiment, peut-être de désaccord. Bref, ces derniers temps, il était devenu nerveux, ce qu'il n'avait jamais été au cours de toutes les autres années; et le curieux était que sa nervosité eût attendu jusqu'au début de ses doutes et ne se fût jamais montrée tant qu'il était sûr de lui. Il sentait que le mot-à-ne-pas-dire ne manquerait point de faire choir sur sa tête quelque chose, quelque chose qui, du même coup, mettrait au moins fin à son insupportable attente. Mais il ne voulait pas dire ce mot qui gâterait tout. Il voulait que la chose qu'il ne connaissait pas chût sur lui, si choir elle pouvait, par son propre poids, par son auguste poids. Si son amie devait l'abandonner, c'était sûrement à elle de signifier l'adieu. C'est pourquoi il ne lui redemandait point directement ce qu'elle savait; mais c'est pourquoi aussi, approchant le sujet d'un autre biais, il lui dit au cours de sa visite:

— D'après vous, à présent, que peut-il m'arriver de pire?

Il lui avait dans le passé assez souvent posé cette question; ils avaient, selon le rythme curieux et irrégulier de leurs intensités et de leurs évitements, échangé là-dessus des idées et ils avaient ensuite vu ces idées effacées par des passes de calme, effacées comme les dessins tracés sur le sable d'un rivage. Ce qui avait toujours caractérisé leurs propos, c'est qu'il suffisait du moindre signe pour en bannir et pour y rappeler ensuite les souvenirs les plus anciens, qui rendaient alors un son neuf. De telle manière qu'elle pouvait à présent accueillir sa question comme s'il l'eût posée pour la première fois et avec toute sa patience.

— Oh! j'y ai pensé maintes fois; seulement il m'a toujours semblé que je ne pourrais jamais parvenir là-dessus à une opinion définitive. J'ai songé à des choses épouvantables, entre lesquelles il était difficile de choisir; et vous avez dû faire de même.

— À peu près! J'ai l'impression aujourd'hui que je n'ai guère fait que cela. Je me fais l'effet d'avoir passé ma vie à ne penser qu'à des choses épouvantables. Je vous en ai dit un grand nombre, mais il y en a d'autres que je ne pouvais dire.

— Elles étaient trop, trop épouvantables?

— Trop, trop épouvantables... certaines du moins.

Elle le regarda une minute et, comme il croisait son regard, il lui vint le sentiment sans conséquence que les yeux de son amie, quand on saisissait leur pleine clarté, étaient encore aussi beaux qu'ils avaient été dans sa jeunesse, mais beaux d'une étrange lumière froide, une lumière qui, de toute façon, était pour une part l'effet, si elle n'était pas plutôt pour une part la cause, de la pâle et cruelle douceur de l'heure et de la saison. «Et cependant, dit-elle enfin, il y a des horreurs que nous n'avons pas omises.»

Cela approfondissait encore l'étrangeté

de la scène de la voir, elle, — quelle figure dans quel tableau! — parler d'«horreurs»; mais elle allait dans quelques instants faire une chose plus étrange encore — de cela même il ne devait cependant saisir toute la portée que plus tard — et dont la note était déjà dans l'air. C'était, en tout cas, l'un des signes que ses yeux avaient retrouvé le grand battement de paupières de leur prime jeunesse. Il se sentait entraîné pourtant à admettre ce qu'elle disait.

— Oh oui, quelquefois, il nous arriva d'aller loin.

Il se surprit en train de parler comme si tout cela était fini. Certes, il souhaitait que ce le fût; et de plus en plus clairement, il sentait qu'il dépendait de son amie d'en finir.

Mais à présent, elle avait un doux sourire.

— Oh! loin...

Elle mettait dans ces mots une ironie singulière.

— Voulez-vous dire que vous vous sentez prête à aller plus loin?

Elle était frêle et lointaine et charmante, cependant qu'elle continuait à le regarder; pourtant il semblait qu'elle eût perdu le fil.

— Vous croyez vraiment que nous sommes allés loin?

— Mais je pensais que c'était justement ce que vous veniez de faire entendre, que nous *avions* regardé la plupart des choses en face.

— Y compris nous deux... mutuellement? (Elle sourit encore.) Vous avez tout à fait raison. Nous avons eu ensemble de grandes imaginations, souvent de grandes craintes; mais quelques-unes d'entre elles n'ont pas été exprimées.

— Alors le pire, nous ne l'avons pas envisagé encore. Je *pourrais*, je crois, l'envisager en face, si je savais ce qu'il peut être, d'après vous. J'ai le sentiment, expliqua-t-il, d'avoir perdu mon pouvoir de concevoir de telles choses.

Et il se demandait s'il paraissait aussi démonté qu'il voulait le laisser entendre.

— Ce pouvoir est usé.

— Qu'est-ce qui vous fait donc croire que le mien ne l'est pas? demanda-t-elle.

— Parce que vous m'avez donné des signes du contraire. Pour vous, il ne s'agit pas de concevoir, d'imaginer, de comparer. Il ne s'agit pas maintenant de choisir. (Enfin il livra sa pensée.) Vous savez quelque chose que je ne sais pas. Vous me l'avez déjà laissé voir.

Il se rendit compte sur-le-champ du trouble excessif que ces derniers mots avaient porté en elle. Elle parla avec fermeté:

— Je ne vous ai, mon cher, rien laissé voir.

Il fit un signe négatif de la tête.

— Vous ne pouvez pas le cacher.

— Oh! murmura May Bartram pour couvrir ce qu'elle ne pouvait cacher. (Ce fut presque un gémissement étouffé.)

— Ne l'admettiez-vous pas, il y a des mois, quand je vous en parlais comme d'une chose que vous redoutiez de me voir découvrir. Vous me répondîtes alors que je ne pourrais pas, que je ne voudrais pas, et je ne prétends pas avoir découvert. Mais c'est donc que vous aviez quelque chose dans l'idée, et je le vois à présent, ce devait être, c'est encore, de toutes les éventualités, celle que vous estimez la pire. C'est pourquoi, continua-t-il, j'en appelle à vous. Je n'ai peur aujourd'hui que d'ignorer. Je n'ai pas peur de savoir. (Puis comme elle demeurait un temps sans rien dire:) Je lis sur votre visage, je sens ici, dans l'air des choses, que vous êtes «en dehors», voilà ce qui fait ma certitude. Vous avez terminé.

Votre expérience est faite. Vous me laissez à mon destin.

Elle écoutait, immobile et blanche dans son fauteuil, comme devant une décision à prendre, si bien que toute son attitude était une confession virtuelle. Et cependant, il y avait une secrète, fine, imperceptible raideur en cet abandon qui n'était point total.

— Ce serait la pire des choses, se laissa-t-elle enfin aller à dire. J'entends, la chose que je n'ai jamais dite.

Un instant, cela lui imposa silence.

— Plus monstrueuse que toutes les monstruosités que nous avons énumérées?

— Plus monstrueuse. N'est-ce point ce que vous exprimez suffisamment, fit-elle, en l'appelant la pire?

Marcher songea.

— Assurément, si vous entendez, comme moi, qu'elle comprend toute la déchéance et toute la honte imaginables.

— Ce serait cela, si cela *devait* arriver, dit May Bartram. Mais rappelez-vous que nous ne parlons que de ce à quoi je songe.

— À quoi vous croyez, retourna Marcher. Pour moi, cela suffit. Je sens la vérité de ce à quoi vous croyez. Par conséquent si, croyant à cette chose, vous ne me donnez pas plus d'éclaircissements sur elle, vous m'abandonnez.

— Non, non! répéta-t-elle. Je suis avec vous, — ne le voyez-vous pas? — encore avec vous. (Et comme pour lui en donner une preuve plus saisissante, elle se leva de son fauteuil — mouvement qu'elle risquait rarement en ce temps-là — et apparut, toute douceur en la souplesse de ses voiles, dans sa plus pure et fragile beauté.) Je ne vous ai pas laissé tomber.

Il y avait, en vérité, dans cet effort contre sa faiblesse une assurance généreuse. Si son geste eût manqué de réussir avec un tel bonheur, il eût causé à Marcher plus de peine que de plaisir. Mais le charme glacé de ses yeux se propageait, en cette apparition, à tout le reste de sa personne, au point que, pour un instant, elle parut presque recouvrer sa jeunesse. Il n'y avait point là, de lui à elle, matière à pitié; il ne pouvait que prendre ce qu'elle offrait, l'aide que, même encore, elle pouvait lui donner. Il semblait que, d'un instant à l'autre, la lumière pouvait fuir d'elle; aussi fallait-il qu'il se hâtât d'en tirer tout l'usage. C'est alors que passèrent devant lui, intensément, les trois ou quatre choses qu'il souhaitait le plus savoir; mais la question qui lui vint aux lèvres couvrit les autres.

— Alors dites-moi si, consciemment, je souffrirai.

Elle secoua promptement la tête: «Jamais!»

Cela confirma l'autorité qu'il lui prêtait et produisit sur lui un extraordinaire effet.

— Quoi de mieux alors? C'est cela que vous appelez le pire?

— Pensez-vous qu'il ne soit rien de mieux? demanda-t-elle.

Elle semblait avoir en vue quelque chose de si particulier que de nouveau son désir de savoir fut piqué au vif. Cependant un vague espoir de soulagement luisait encore. «Pourquoi pas, si l'on ne *sait* pas?» Sur quoi, leurs yeux s'étant rencontrés en silence, la lueur s'obscurcit, et du visage même de May Bartram jaillit à son intention une prodigieuse réponse. En la recevant, le sien se couvrit d'une rougeur qui lui monta jusqu'au front et le poids d'une découverte dont, sur le coup, tout concordait à l'accabler, lui fit perdre le souffle. Sa respiration entrecoupée remplissait seule l'air de son bruit; enfin il put articuler.

— Je vois... si je ne souffre pas!

Cependant dans le regard de May Bartram se lisait un doute.

— Vous voyez quoi?

— Ce que vous voulez dire... ce que vous avez toujours voulu dire.

De nouveau elle fit non de la tête.

— Ce que je veux dire n'est pas ce que j'ai toujours voulu dire. C'est autre chose.

— Est-ce quelque chose de nouveau?

Elle hésita.

— Quelque chose de nouveau. Ce n'est pas ce que vous pensez. Je vois ce que vous pensez.

Soulagé, Marcher se reprit à chercher; seulement sa rectification pouvait être erronée.

— Ne serait-ce point que je ne suis qu'un âne? demanda-t-il mi-sarcastique, mi-abattu. N'est-ce point que tout cela n'est qu'une bévue?

— Une bévue? retourna-t-elle en compatissant écho.

Il vit que pour elle cette possibilité-*là* serait monstrueuse; mais si elle lui garantissait l'immunité de la souffrance, ce ne pouvait donc être cela qu'elle avait en tête.

— Non, non, déclara-t-elle; ce n'est rien de ce genre. Vous ne vous êtes pas fourvoyé.

Cependant il ne pouvait s'empêcher de se demander à lui-même si, ainsi acculée, elle ne parlait pas seulement pour le sauver. Il lui sembla que si toute son histoire venait à s'avérer une simple platitude, il se trouverait pris dans la pire impasse.

— Me dites-vous la vérité? Suis-je donc à ce point idiot que je ne puis supporter de l'apprendre? Je n'ai donc pas vécu sur une simple imagination, dans la plus stupide illusion? Je n'ai donc pas attendu uniquement pour me voir la porte fermée au nez?

De nouveau, elle fit non de la tête.

— De quelque manière que l'on envisage le cas, ce n'est pas *ça*, la vérité. Quelle que soit la réalité, *c'est* une réalité. La porte n'est pas fermée. La porte est ouverte, dit May Bartram.

— Alors il doit arriver quelque chose?

Elle attendit encore une fois, ses doux yeux froids toujours fixés sur lui. «Il n'est jamais trop tard.» Elle avait, de son pas glissant, réduit entre eux la distance et se tenait plus près de lui, tout contre lui, comme chargée encore d'inexprimé. Son mouvement eût pu souligner de plus d'emphase les mots qu'elle avait aux lèvres à présent, hésitante et résolue qu'elle était

tout d'un coup à les dire. Il demeurait
debout contre le manteau de la cheminée
sans feu et sobrement ornée; une exquise
pendulette française ancienne et deux pièces
de Dresde roses en composaient toute la
garniture. De la main elle s'y appuyait
cependant qu'elle gardait Marcher en suspens; l'on eût dit qu'elle cherchait en cet
appui un soutien et un encouragement.
Cependant elle se bornait à le tenir en suspens; ou plutôt, il se bornait à attendre.
Son mouvement, son attitude firent soudain surgir en Marcher l'impression intense,
merveilleuse, qu'elle avait encore quelque
chose à lui donner; quelque chose qui éclairait son visage fatigué d'une lumière infini-
ment douce, que l'on croyait voir briller
avec l'éclat pâle de l'argent. Incontestablement elle avait raison, car ce qu'il aperce-
vait sur son visage n'était autre chose que
la vérité. Et, fait étrange et sans possible
conséquence, tandis qu'étaient encore dans
l'air les mots qui disaient leur angoisse, il
semblait y avoir dans la révélation qu'elle
en offrait une douceur démesurée. Sugges-
tion troublante qui n'eut sur lui d'effet que
d'accroître en gratitude son impatience
grandissante d'une révélation de sa part à

elle: ils restèrent quelques instants silencieux, elle, penchant sur lui l'éclat de son visage, le pressant de son contact impondérable, et lui fixant sur elle un regard qui n'était que douceur mais qui n'était aussi qu'attente. En fin de compte, néanmoins, à son attente il ne vit pas venir de réponse. Ce qui, alors, en tint lieu fut, à première vue, fort peu de chose: simplement elle ferma les yeux. En même temps, elle cédait à un frisson subtil qui lentement la gagnait toute; et, bien qu'il ne la quittât pas du regard, — d'un regard qui n'en interrogeait que plus fort, — elle se détourna et regagna son fauteuil. Ce fut la fin de son effort, de son intention, mais il n'eut de cesse que d'y penser.

— Voyons, vous ne dites pas?...

Au passage elle avait touché une sonnette près de la cheminée et s'était effondrée, étrangement pâle.

— J'ai peur de me sentir trop mal.

— Trop mal pour me dire? Il lui vint brusquement à l'esprit, presque aux lèvres, qu'elle pouvait mourir sans l'éclairer. Il se retint à temps de formuler sa question, mais elle répondit comme si elle l'avait compris.

— Ne savez-vous pas... à présent?

«À présent?...» À l'entendre on eût dit que dans ce moment même un changement s'était produit. Mais déjà la femme de chambre, prompte à l'appel de la sonnette, était entrée. «Je ne sais rien.» Il devait plus tard avoir conscience de l'odieuse impatience avec laquelle il avait parlé. Impatience de montrer qu'en son extrême dépit, il se lavait les mains de toute l'affaire.

— Oh! fit May Bartram.

— Avez-vous mal? demanda-t-il, comme la servante s'empressait.

— Non, dit May Bartram.

La femme de chambre, qui l'avait entourée de son bras comme pour la porter à sa chambre, fixa sur lui des yeux dont la supplication assurait le contraire; en dépit de quoi pourtant il fit montre, une fois de plus, de sa mystification.

— Mais qu'est-ce donc qui est arrivé?

Une fois de plus, avec l'aide de sa compagne, elle s'était mise debout, et, sentant qu'il devait se retirer, il avait, dans son désarroi, trouvé son chapeau, ses gants et gagné la porte. Mais il attendit encore sa réponse.

— Ce qui *devait* arriver, dit-elle.

CHAPITRE V

Il revint le jour suivant, mais elle était hors d'état de le recevoir. C'était littéralement la première fois que pareille chose arrivait depuis le début de leurs longues relations, il s'en retourna abattu, chagrin, presque irrité ou, du moins, sentant que semblable fêlure dans leurs habitudes marquait vraiment le commencement de la fin, et il erra seul avec ses pensées, surtout avec celles qu'il était le moins capable de maîtriser. Elle était mourante et il allait la perdre; elle était mourante et sa vie à lui tirait à sa fin. Il s'arrêta dans le parc où il était entré et regarda son doute familier se représenter devant lui. Loin d'elle le doute l'assaillait à nouveau; en sa présence, il avait eu foi en elle, mais se sentant délaissé, il se jetait sur l'explication la plus à portée, celle qui lui communiquait le plus de misérable chaleur, le moins de froid tourment. Elle l'avait trompé pour le sauver, pour lui laisser en le quittant quelque chose en quoi il pût trouver son repos. Cette chose qui devait se produire, que pouvait-elle être, après tout, sinon justement la chose même qui avait d'ores et déjà commencé de se produire? Son agonie, sa mort à elle, la solitude qui s'en suivrait pour lui — voilà ce qu'était la bête dans la jungle, voilà ce que couvaient les dieux dans leur giron. C'était bien là-dessus qu'elle s'était prononcée au moment où il l'avait quittée: qu'eût-elle, pour Dieu, pu vouloir dire d'autre? Ce n'était pas, en soi, une chose monstrueuse, ce n'était pas un destin rare et choisi; ce n'était pas l'un de ces coups de la Fortune qui écrasent et immortalisent, son cas ne portait que la marque courante du sort commun. Mais le pauvre Marcher, à cette heure, jugeait le sort commun suffisant. Il y trouvait son compte et, même en tant que consommation d'une immense attente, il saurait fléchir sa fierté à l'accepter. Il s'assit sur un banc dans le crépuscule. Il n'avait pas été une pauvre dupe. Quelque chose, elle l'avait dit, *était* arrivé, qui devait arriver. Sur le point de se lever, il fut extrêmement frappé de voir combien ce dénouement cadrait avec la longue avenue par laquelle il avait dû passer pour en arriver là. Partageant son insupportable attente et se donnant tout entière, donnant sa vie pour amener cette attente à son terme, elle l'avait accompagné à chaque pas de son chemin. Il avait vécu par l'aide qu'elle lui avait prêtée; la laisser en arrière créerait dans sa vie le vide le plus cruel, le plus insupportable. Que pouvait-il y avoir de plus accablant que cela?

Eh bien, c'est ce qui lui restait à apprendre dans le courant de cette semaine-là, car si elle le tint quelque temps à distance, le laissant inquiet et misérable pendant une série de jours au cours desquels il ne s'enquit d'elle que pour devoir chaque fois s'en retourner, elle finit par mettre un terme à cette épreuve en le recevant enfin dans le lieu où elle l'avait toujours reçu. Pourtant elle avait été exposée, non sans risque, à la présence de tant de choses qui étaient consciemment, vainement, la moitié de leur passé, et il ne restait plus qu'un soupçon de service dans la douceur de son simple désir à elle, bien trop visible, de calmer son obsession et de mettre un terme à ce qui le troublait de longue date. C'était clairement ce qu'elle voulait: la seule chose de plus, pour sa propre paix à elle, tant qu'elle pouvait encore tendre la main. Il fut si affecté de son état que, quand il eut pris place près d'elle, il fut tenté de tout laisser aller. Ce fut donc elle qui le ramena au sujet familier en lui rappelant, avant de le congédier, son dernier mot de leur précédente entrevue. Elle laissa voir combien elle souhaitait laisser leur affaire en ordre.

— Je ne suis pas sûre que vous ayez compris. Vous n'avez plus rien à attendre. La chose *est* venue.

Oh! comme il la regarda!

— Vraiment?

— Vraiment.

— La chose qui, selon vous, *devait* venir?

— La chose que nous avons commencé à guetter ensemble en notre jeunesse.

Face à face avec elle, il la crut, une fois de plus; à l'autorité de sa parole, quelles pauvretés eût-il pu opposer?

— Vous voulez dire qu'elle s'est produite comme un fait positif, comme un événement déterminé, avec un nom, une date?

Chapitre V

— Positif. Déterminé. Je ne sais rien du nom, mais, oh, quant à la date!

Il se retrouva désespérément à la dérive.

— Mais venue comment? Dans la nuit?... Elle est venue, elle a passé à côté de moi?

May Bartram eut son étrange sourire pâle.

— Oh! non, elle n'a pas passé à côté de vous!

— Mais si je ne m'en suis pas aperçu, si elle ne m'a pas touché?...

— Vous ne vous en êtes pas aperçu! (Elle parut hésiter un instant pour considérer ce point.) Mais que vous ne vous en soyez pas aperçu, c'est là justement qu'est l'étrangeté *dans* l'étrangeté, le prodige *du* prodige.

Elle parlait comme avec une langueur d'enfant malade; pourtant, en cet instant suprême, en cette fin de tout, elle avait l'absolue rectitude d'une sibylle. Elle savait visiblement ce qu'elle savait, et il sentait une sorte de liaison entre ce fait, en sa transcendance, et la loi qui avait dicté son destin. C'était la voix même de la loi; c'est ainsi que, par sa bouche, la loi même aurait parlé.

— Elle vous *a* touché, continua-t-elle,

elle a fait son office. Vous lui appartenez tout entier.

— Si complètement que cela, sans que j'en aie eu connaissance?

— Aussi complètement que cela, sans que vous en ayez eu connaissance. (Se penchant vers elle, il s'était appuyé de la main sur le bras du fauteuil; avec le faible sourire qui désormais ne quittait plus ses lèvres, elle posa sa main sur la sienne.) Il suffit que *moi*, je sache.

— Oh! balbutia-t-il en un souffle, comme elle avait si souvent fait elle-même ces derniers temps.

— Voyez la vérité de ce que je vous disais autrefois. À présent, vous ne saurez jamais et, à mon avis, vous devriez vous trouver satisfait. Vous l'avez eue, dit May Bartram.

— Mais eu quoi?

— La marque de votre destinée. La preuve de la loi qui vous régit. Elle s'est manifestée. Je suis trop heureuse, ajouta-t-elle bravement, d'avoir été capable de voir ce que cela n'est *pas*.

Il continuait à la dévisager avec le sentiment que tout cela, et *elle* aussi, étaient sur un autre plan que le sien. Il l'aurait encore vivement assaillie s'il n'avait senti que c'eût été abuser de sa faiblesse que de ne point se borner à prendre, avec dévotion, ce qu'elle lui donnait, de le prendre en silence comme on accueille une révélation. S'il parla, ce fut avec la prescience de sa solitude prochaine.

— Si vous êtes heureuse de ce que cela n'est «pas», c'est donc que cela aurait pu être pire?

Elle détourna les yeux et regarda droit devant elle; puis, après un instant:

— Voyons, vous vous rappelez vos craintes.

Il s'étonna.

— C'est donc quelque chose que nous n'avons jamais craint?

Là-dessus, lentement, elle se retourna vers lui.

— Avons-nous jamais rêvé, dans tous nos rêves, qu'un jour il nous arriverait d'être là comme nous sommes et de parler de cette chose comme nous faisons?

Il fit un léger effort pour voir si c'était le cas; mais il lui semblait qu'innombrables, leurs rêves étaient en train de se fondre en l'épaisseur glacée d'un brouillard où se perdait la pensée même.

— Il aurait pu se faire qu'en parler cessât d'être possible?

— Voyons, — elle faisait vraiment pour lui tout son possible, — pas du côté où nous sommes. Le côté où nous sommes, dit-elle, à présent, c'est *l'autre* côté.

— Je pense, murmura le pauvre Marcher, que pour moi tous les côtés se valent. (Puis cependant, comme de la tête elle lui faisait un signe négatif de rectification:) Nous n'aurions pas pu passer comme cela d'un bord…

— … à l'autre, où nous voilà, non. Nous y voilà, tout simplement, fit-elle, avec une faible emphase.

— Grand bien nous fasse! commenta avec franchise son ami.

— C'est déjà beaucoup. C'est déjà beaucoup que *la chose* ne soit plus là. Elle est passée. Elle est en arrière, maintenant, dit May Bartram. Avant… (Mais ici sa voix se brisa.)

Il s'était levé, pour ne point la fatiguer, mais il avait de la peine à réprimer son avidité. Après tout, que lui avait-elle appris? Qu'il avait perdu sa lumière. Cela, il le savait bien assez sans qu'elle le lui dît.

— Avant?… répéta-t-il troublé.

— Avant, vous le savez, la chose était toujours à *venir*. Aussi ne cessait-elle point d'être présente.

— Oh! je ne me soucie guère de ce qui peut arriver à présent! D'ailleurs, ajouta Marcher, il me semble que je l'aimais mieux présente, comme vous dites, que je ne l'aime absente en *votre* absence.

— Oh! la mienne! (Et ses mains pâles repoussèrent cette idée.)

— En l'absence de tout. (Il éprouvait l'impression atroce d'être là devant elle — pour autant qu'une simple impression permît d'en juger, c'était bien de cette course à l'abîme qu'il s'agissait — pour la dernière fois de leur vie. Ce sentiment l'accablait d'un poids qu'il se sentait à peine capable de supporter, et ce fut sans doute ce poids sur l'âme qui lui arracha la dernière protestation qu'il eût gardé la force d'exprimer.) Je vous crois; mais je ne saurais dire que je comprends. *Rien* pour moi ne s'est passé; rien ne se *passera* jusqu'à ce que je passe moi-même, et fasse le ciel que ce soit le plus tôt possible. Disons pourtant, ajouta-t-il, que j'ai vidé, comme vous l'assurez, ma coupe jusqu'à la lie. Comment une chose dont je n'ai jamais eu le moindre sentiment peut-elle être celle que j'étais prédestiné à subir?

Elle lui fit face, peut-être pas absolument de front, mais sans sourciller.

— Vous faites trop crédit à vos «sentiments». Vous aviez à subir votre destin, mais pas nécessairement à le connaître.

— Mais, pour Dieu, qu'est-ce donc que connaître sinon souffrir?

Elle tint ses yeux fixés sur lui, un temps, en silence.

— Non, vous ne comprenez pas.

— Je souffre, dit John Marcher.

— Ne souffrez pas!

— Mais contre cela au moins, que voulez-vous que je fasse?

— *Ne souffrez pas !* répéta-t-elle.

Elle dit cela d'un tel accent, en dépit de sa faiblesse, qu'un instant, la surprise élargit les yeux de Marcher, comme si quelque lumière jusque-là cachée avait traversé le champ de son regard. Mais l'obscurité se referma sur cette lueur aussitôt transformée en idée.

— Parce que je n'ai pas le droit?…

— Vous ne devez pas savoir, du moment que vous n'en avez pas besoin, s'empressa-t-elle en pure pitié. Vous n'en avez pas besoin, du moment que nous ne devions pas...

— Nous ne devions pas?

Ah! seulement savoir ce qu'elle voulait dire!

— Non... c'en est trop.

— Trop? interrogea-t-il encore, suivant d'ailleurs, mystifié, une fausse piste qu'il abandonna l'instant d'après. (Les paroles de May Bartram, si tant est qu'elles eussent un sens, s'éclairaient pour lui, comme s'éclairait son visage ravagé, d'un sens qui embrassait *tout*. Et le sentiment de ce qu'avait été pour elle le fait de savoir l'assaillit avec une impétuosité qui se fit jour en une question.) Est-ce donc de cela que vous mourez?

Elle se contenta de l'observer, d'un regard d'abord grave, comme si, ainsi, elle cherchait à apercevoir où il en était. Peut-être alors vit-elle ou redouta-t-elle quelque chose qui mit en mouvement sa sympathie. «Je voudrais encore vivre pour vous... si je pouvais.» Ses yeux se fermèrent un peu, comme si, retirée en elle-même, elle faisait un dernier effort. «Mais je ne peux pas!» dit-elle, en relevant vers lui un regard qui lui signifiait l'adieu.

Elle ne pouvait pas, en vérité; la preuve n'en fut que trop promptement et rigoureusement donnée, et il n'eut plus d'autre vision d'elle par la suite qui ne fût sombre et fatale. À jamais, ils s'étaient séparés sur cet étrange dialogue. L'accès à sa chambre de souffrance, rigidement gardée, lui fut presque complètement interdit; et en face des médecins, des assistants, des deux ou trois parents attirés sans doute par la perspective de ce qu'elle allait «laisser», il put sentir combien minimes étaient les droits, comme l'on dit en semblable circonstance, dont il pouvait exciper, et combien il était singulier apparemment que leur intimité ne lui en eût pas conféré davantage. Le dernier des cousins, alors même qu'elle n'eût jamais tenu la moindre place dans sa vie, en avait davantage que lui. Pourtant, elle avait été le trait dominant de sa vie, à lui; comment envisager autrement le fait de lui avoir été aussi indispensable? Étranges au-delà de toute expression étaient les voies de l'existence qui le frustraient avec une aussi singulière injustice de droits à faire valoir. Ainsi une femme aurait, en quelque sorte, été tout pour lui et lui n'aurait de ce fait aucun titre que l'on fît mine de reconnaître.

S'il en fut ainsi au cours de ces ultimes
semaines, cette rigueur s'accrut encore le
jour où, dans le grand cimetière gris de
Londres, les derniers devoirs furent rendus
à ce qui avait été mortel, à ce qui avait été
précieux, en son amie. Autour de sa tombe
l'assistance n'était pas nombreuse, mais il
ne se vit guère l'objet de plus d'attentions
que s'il avait été perdu parmi mille autres.
Bref, il fut, dès ce moment, mis en présence
du fait que l'intérêt que May Bartram avait
porté à sa personne ne lui valait que bien
minime profit. Ce qu'il avait attendu, il n'eût
pas su le définir tout à fait; mais, à coup
sûr, ce n'était point cette double perte.
Non seulement il avait perdu la sollicitude
de son amie, mais en outre il avait l'impression que lui faisaient défaut, cela pour une
raison qu'il ne pouvait pas saisir, cette dis-
tinction, cette dignité, cette décence, pour
ne parler que de cela, qui revêtent l'homme
marqué par une épreuve. L'on eût dit
qu'aux yeux du monde, il n'avait véritable-
ment pas *été* marqué par l'épreuve, que la
marque ou le signe de l'épreuve lui man-
quaient encore, que rien ne pourrait jamais
caractériser son état ni combler cette lacune.
Il y eut, au fil de ces semaines, des moments

où il aurait aimé, par quelque acte presque agressif, prendre position publique quant à l'intimité de sa perte, de manière à ce que cela *pût* être commenté, et à pouvoir lui-même, pour le soulagement de son esprit, riposter à ces commentaires; mais ces moments étaient promptement suivis de phases d'irritation désespérée, et dans ces phases-là, tournant et retournant les choses en toute loyauté d'esprit, mais en présence d'un horizon désert, il se prenait à se demander s'il n'aurait pas dû faire remonter plus haut son examen de conscience.

À vrai dire, multiples étaient les questions qu'il se posait à lui-même, et sa dernière préoccupation se trouvait en nombreuse compagnie. Qu'aurait-il pu faire, après tout, du vivant de son amie, qui ne les eût, en quelque sorte, trahis tous les deux? Pouvait-il laisser savoir qu'elle veillait sur lui? C'eût été publier la superstition de la Bête. C'était cela qui lui fermait encore la bouche à présent — à présent que la Jungle, à force d'avoir été battue et rebattue, était abandonnée et que la Bête s'était esquivée. Cela avait vraiment trop l'air d'une niaiserie, d'une insanité. La différence qui résultait pour lui de ce nouvel état de choses

— l'extinction en sa vie de l'élément d'insupportable attente — était telle qu'il en ressentait un vif étonnement. Cela ne pouvait se comparer qu'à l'interruption brutale, à l'arrêt impérieux de la musique dans un endroit entièrement adapté et accoutumé à la sonorité et à l'audition attentive. Qu'à quelque moment du passé, il ait pu admettre l'idée de lever le voile sur son secret (après tout, qu'avait-il fait, sinon le lever pour *elle*); mais le lever aujourd'hui, parler aux gens à cœur ouvert de la jungle désertée, leur confier qu'à présent il se sentait hors de danger! Il eût vu les gens dresser l'oreille comme à un conte de bonne femme; lui-même n'aurait-il pas eu l'impression d'en débiter un? Aussi le pauvre Marcher ne tarda-t-il pas, en vérité, à se traîner dans son herbage piétiné — où désormais ne bougeait aucune vie, où aucun souffle ne se faisait entendre, où l'on ne pouvait désormais plus croire à l'éclair d'un mauvais œil dans l'ombre d'un possible repaire, — moins pour feindre de chercher encore la Bête que pour constater amèrement qu'elle n'y était plus. Il errait dans une existence où l'espace s'était singulièrement élargi et s'arrêtant, soucieux, aux places où la brousse de la vie lui paraissait jadis la plus touffue, il se demandait avec angoisse, en une interrogation secrète et douloureuse, si, par hasard, elle ne s'était point tapie ici ou là. En tout cas, son *bond*, elle l'avait fait; ce qui, au moins, était absolu, c'était sa foi en la vérité de l'assurance donnée. Son passage de l'impression ancienne à son impression actuelle était complet et définitif: la chose qui devait s'accomplir *était* si complètement, si définitivement accomplie qu'il était aussi incapable de concevoir pour l'avenir de la crainte que de l'espoir, tant était absent de lui, en somme, tout souci du futur. Il avait désormais à vivre entièrement sur l'autre souci, celui de son passé invérifié, celui d'avoir été le jouet d'une destinée camouflée, masquée d'un impénétrable bandeau.

Cette image l'obséda d'un tourment qui absorba sa vie; sans la perspective de percer ce mystère, il n'eût peut-être pas consenti à vivre. Elle lui avait dit de ne point chercher à le percer; elle lui avait interdit, dans toute la mesure du possible, de savoir, et lui en avait même, en somme, dénié le pouvoir: toutes choses qui précisément lui ôtaient le repos. Ce n'était pas, arguait-il, par désir de sincérité, qu'il désirait voir se répéter un fait passé ou accompli, quel qu'il fût; mais seulement il refusait, comme une déception, de s'être laissé envahir si profondément par le sommeil que de ne pouvoir regagner par un effort de pensée le lambeau de conscience perdu. Par moments, il se déclarait à lui-même qu'ou bien il le regagnerait, ou bien il en aurait à jamais fini avec toute conscience; il finit par faire de cette idée son unique mobile, son unique passion, au point que l'on eût dit qu'il n'avait jamais été touché d'aucune autre passion comparable à celle-ci. Le lambeau de conscience perdu lui devint bientôt ce qu'est un enfant perdu ou volé à la douleur d'un père inconsolable; il se mit à la rechercher dans tous les sens, tout comme s'il frappait aux portes et s'enquérait auprès des policiers. Ce fut dans cet esprit qu'il entreprit de parcourir le monde, s'embarquant dans un voyage qu'il projetait de faire durer autant qu'il le pourrait. Dansait dans sa tête l'idée que l'autre face du globe, ne pouvant avoir moins à lui apprendre que celle-ci, pouvait peut-être, au hasard d'un indice, lui révéler quelque chose de plus. Avant de quitter Londres, cependant, il fit un pèlerinage à la tombe de

May Bartram. Il se mit en chemin à travers les avenues sans fin de la lugubre nécropole suburbaine, la chercha parmi la déserte solitude des sépultures et, bien qu'il ne fût venu que pour renouveler son adieu, quand enfin il fut au bord de la pierre, il se trouva longuement, intensément, ensorcelé. Il s'attarda près d'une heure, impuissant à repartir, mais impuissant aussi à pénétrer l'obscurité de la mort; les yeux rivés sur l'inscription qui portait un nom et une date, se martelant le front au secret qu'ils gardaient, il retenait son souffle dans l'attente comme si, par pitié, quelque signification allait sortir des pierres. En vain, cependant, il s'agenouilla sur elles; ce qu'elles cachaient, elles le gardaient bien; et si la tombe prit soudain pour lui l'apparence d'un visage, ce fut parce que les deux noms ressemblaient à deux yeux qui ne le connaissaient pas. Il leur donna un long dernier regard, mais pas la moindre lueur ne jaillit.

CHAPITRE VI

Après cela il séjourna au loin pendant une année; il visita les profondeurs de l'Asie, essayant de s'intéresser aux spectacles du plus romantique intérêt, de la plus haute sainteté; mais ce qui partout demeurait présent à sa pensée, c'est que pour un homme qui avait connu ce qu'*il* avait connu, le monde était vulgaire et vain. L'état d'esprit dans lequel il avait vécu pendant tant d'années répandait encore autour de lui son reflet, tel un rayonnement qui nuançait et affinait toute chose, rayonnement auprès duquel la splendeur de l'Orient avait la pauvreté voyante du clinquant. La terrible vérité était qu'il avait perdu — en même temps que tout le reste — aussi le sens des distinctions; les choses qu'il voyait, comment n'eussent-elles pas été quelconques du moment que celui qui les regardait était devenu quelconque. Il n'était plus à présent que l'une d'elles, confondu dans la poussière et sans la plus infime marque de différence; et il y avait des heures où, devant les temples des dieux et les sépulcres des rois, son esprit leur associait en noblesse la pauvre pierre tombale qui se perdait là-bas entre les autres, dans le faubourg de Londres. Cette tombe lui apparaissait à présent, et plus intensément avec le temps et la distance, comme le seul orgueil qu'il lui restât, et quand il songeait à elle, les gloires des Pharaons ne lui étaient rien. Aussi ne s'étonnera-t-on point de l'y voir de nouveau porter ses pas dès le lendemain de son retour. Il y était cette fois ramené par une force aussi irrésistible que l'autre fois, mais aussi avec une sorte de confiance qui était sans doute la résultante de tant de mois écoulés. La vie qu'il avait menée avait, en dépit de lui-même, fait évoluer sa manière de sentir, et, en errant par le monde, il avait, en quelque sorte, erré de la circonférence au centre de son désert intérieur. Il s'était fait à sa sécurité et avait par force accepté son extinction. Il se représentait sa propre figure à la ressemblance de certains petits vieillards qu'il se souvenait d'avoir vus et dont, malgré leurs airs chétifs et rassotés, l'on rapportait qu'en leur temps ils avaient eu vingt duels, connu l'amour de dix princesses. Ceux-là, à vrai dire, avaient été prodigieux au regard d'autrui, tandis qu'il ne l'avait été, lui, que pour lui-même; ce qui, en tout état de cause, était exactement la raison de sa hâte à renouveler ce prodige en retrouvant, si l'on peut ainsi parler, sa propre présence. D'où l'empressement qui avait accéléré ses pas, lui interdisant tout retard. Il avait été trop longtemps séparé de cette part de lui-même que lui seul à présent évaluait à son juste prix.

Aussi n'est-il point fallacieux d'assurer qu'il toucha au but avec une certaine fierté et se retrouva à son point de départ avec une certaine assurance. La créature qui reposait sous le gazon *connaissait* la rare expérience qu'il avait faite, si bien que, fait étrange à présent, l'endroit avait perdu sa vulgarité d'expression. Il s'y sentit accueilli avec douceur, non, comme autrefois, avec moquerie; il revêtait pour lui cet air de bienvenue spontanée que nous trouvons, après une absence, aux choses qui nous ont intimement appartenu et qui semblent d'elles-mêmes confesser ce lien. Le carreau de terre, la plaque gravée, les fleurs soignées l'émurent comme si elles lui appartenaient, à ce point qu'il ressemblait pour l'heure à un propriétaire satisfait qui retrouve un coin de son domaine. Ce qui était arrivé, quoi que ce fût, était bel et bien arrivé. Il n'avait point ramené là cette fois sa vaine question, son ancien tourment «Quoi, *quoi*?» si usé, à tous égards à présent. Ce qui n'empêchait point qu'il ne voulait désormais plus s'éloigner, comme il avait fait, de la place retrouvée; il y voulait revenir chaque mois, car, ne l'aidât-elle qu'en cela, au moins elle l'aidait à relever la tête. C'est ainsi qu'à la longue, il trouva en ce lieu, par une singulière disposition, une véritable ressource; il donna suite à son idée de retours périodiques, et ceux-ci finirent par avoir leur place parmi ses habitudes les plus invétérées. Tant et si bien que, grâce à la façon curieuse dont il simplifia en fin de compte son univers, ce jardin de mort lui fournit les quelques pieds carrés de terre où il trouvait encore le mieux à vivre. L'on eût dit que, n'étant nulle part rien pour personne, voire pour lui-même, en cette place par contre il était tout, et qu'à défaut d'une foule de témoins ou, en fait, d'aucun témoin, si ce n'est John Marcher lui-même, il avait pour attester son droit un registre où il pouvait lire comme sur une page ouverte. La page ouverte, c'était la tombe de son amie; c'était *là* qu'étaient les exploits du passé, là la vérité de sa vie, là les arrière-plans où il pouvait se perdre. Il s'y perdait de temps en temps, si bien qu'il semblait qu'il errât à travers ses anciennes années au bras d'un compagnon qui, par fait extraordinaire, était un autre lui-même, son double rajeuni. Et dans ses pérégrinations il tournait, fait plus extraordinaire encore, autour d'une troisième présence, qui, elle, n'errait pas, mais gardait l'immobilité, dont les yeux ne cessaient point de la suivre en ses évolutions, et dont le poste lui servait, pour ainsi parler, de point d'orientation. Telle fut, en somme, la façon dont il établit sa vie, puisant tout aliment dans le sentiment qu'autrefois il avait vécu, sentiment qui lui était nécessaire en ce qu'il lui assurait non seulement sa subsistance mais aussi son identité.

Cette manière de vivre le satisfit pendant des mois, et l'année s'écoula; elle l'eût sans doute conduit plus loin, si n'était survenu un incident, sans importance à première vue, qui le mut dans une direction tout opposée avec une force à quoi n'atteignait aucune de ses impressions d'Inde ou d'Égypte. Ce fut une circonstance purement fortuite qui ne tint, il s'en aperçut par la suite, qu'à un fil, bien qu'à vrai dire, il vécût ensuite en la croyance que si la lumière ne lui était point venue de cette façon-là, elle n'aurait point manqué de lui venir d'une autre. Quand je dis qu'il vécut ensuite en cette croyance, l'on comprendra, sans qu'il soit besoin d'y insister davantage, qu'il n'eut guère autre chose en sa vie. Nous lui accordons en tout cas le bénéfice de cette conviction, soutenant jusqu'au bout en sa faveur que, avec ou sans incident favorable, il serait, à force de tourner sur lui-même, toujours parvenu à la lumière. Cet incident d'un jour d'automne avait allumé la mèche déposée depuis longtemps par sa misère. Avec la lumière devant lui, il savait que même dans les derniers temps sa souffrance n'avait été qu'étouffée; elle avait été endormie par un narcotique étrange, mais elle élançait toujours. Au contact, elle se mettait à saigner. Et le contact, en la circonstance, fut le visage de l'un de ses frères humains. Ce visage, par un gris après-midi où les feuilles s'amoncelaient dans les allées, au cimetière, plongea son regard dans celui de Marcher avec une expression pareille au tranchant d'une lame. Il en ressentit le choc, si profondément qu'il flancha sous la fermeté de l'attaque. Du personnage qui lui livrait ce muet assaut il avait déjà remarqué la figure, en arrivant au but habituel de sa visite, absorbé par une tombe, à quelques pas de là, une tombe qui semblait fraîchement creusée, de telle manière que l'émotion du visiteur en était d'autant plus franche. Ce fait seul interdisait à Marcher un examen plus attentif, quoique, durant le temps qu'il s'attarda, il n'eût que vaguement conscience de la présence de son voisin, un homme d'âge moyen quant à la tournure, dont le dos voûté parmi l'assemblage des monuments et des ifs funéraires resta toujours tourné de son côté. La théorie de Marcher selon laquelle c'étaient là des éléments au contact desquels lui-même se remettait à vivre avait incontestablement souffert, en cette occasion, un revers palpable bien qu'impénétrable. Ce jour d'automne était pour lui plus cruel qu'aucun autre en ces temps derniers ne l'avait été, et il s'appuyait avec un accablement qu'il n'avait pas encore connu sur la basse table de pierre qui portait le nom de May Bartram. Il restait là, privé du pouvoir de bouger, comme si en lui un ressort, un charme, venait soudainement de se rompre pour toujours. S'il avait pu en cet instant faire ce qu'il désirait, il se serait couché sur la dalle prête à l'accueillir, trouvant là une place toute préparée à recevoir son dernier sommeil. Qu'avait-il désormais de par tout le vaste monde qui pût encore le tenir éveillé? Il fixait droit devant lui son regard, perdu en cette interrogation, et ce fut alors que se trouvant sur l'un des passages du cimetière, il reçut le choc de ce visage.

Son voisin de l'autre tombe se retirait, comme il eût fait lui-même à cette heure, s'il en avait trouvé la force. L'homme s'avançait sur la petite allée qui conduisait à l'une des portes et qui l'amena tout près. Son pas était lent, si lent... — d'autant qu'en son regard il y avait une sorte de faim — que les deux hommes furent une minute directement confrontés. Sur le coup Marcher reconnut en lui un homme profondément frappé — perception si vive que rien d'autre dans l'image qu'offrait l'homme ne vivait en comparaison de cela, ni son vêtement, ni son âme, ni son caractère, ni le rang social qu'on pouvait présumer; rien ne vivait que le profond ravage de ses traits. Il les *montrait* — c'était là le point; en passant, il fut mû d'une impulsion qui pouvait être soit un signe de sympathie, soit, plus probablement, un défi jeté à un chagrin rival. Il se pouvait qu'il eût déjà aperçu notre ami, qu'il eût antérieurement noté en lui cette paisible familiarité avec le décor qui jurait si fort avec l'état de ses propres sentiments, et qu'il en eût été irrité comme d'une manifeste discordance. En tout cas, Marcher eut conscience de deux choses: en premier lieu l'image de passion ulcérée offerte à ses yeux semblait avoir conscience de quelque chose qui profanait l'air; et en second lieu lui-même, soulevé, saisi, choqué, n'en avait pas moins, l'instant d'après, regardé s'éloigner cet homme avec envie. La chose la plus extraordinaire qui lui fût jamais arrivée — il avait pourtant donné ce nom à bien des choses — se produisit, après le vague ébahissement ressenti sur le coup, comme une conséquence de cette impression. L'étranger avait passé, mais la violence aveuglante de sa douleur demeurait, obligeant notre ami à se demander quel grief, quelle blessure en étaient la cause, quelle injustice impossible à réparer. Qu'est-ce donc que cet homme *avait* eu, dont la perte pouvait le faire ainsi saigner, et pourtant vivre?

Quelque chose — et ceci l'atteignit en plein cœur — qu'il n'avait pas, *lui*, John Marcher, dans la sienne; la preuve en était précisément sa fin aride. Aucune passion ne l'avait jamais touché, car c'était bien cela qu'exprimait le mot passion; il avait survécu, il avait larmoyé et langui; mais où était son profond ravage, à *lui*? La chose extraordinaire dont nous parlons fut la soudaine irruption dans sa conscience de la réponse à cette question. La vision que ses yeux venaient d'avoir lui nommait, comme en lettres de flamme, la chose qu'il avait si totalement, si absurdement manquée. Et cette chose manquée faisait de toutes les autres une traînée de feu, les faisait se révéler, lancinantes, dans son for intérieur. Il avait vu *hors de* sa propre existence, et non appris par le dedans, la façon dont une femme est pleurée quand elle a été aimée pour elle-même: telle était, en sa force suggestive, la leçon que lui imposait le visage de l'étranger, qui flamboyait encore devant lui comme une torche fumante. Elle ne lui était point venue, cette connaissance, sur les ailes de l'expérience; elle l'avait frôlé, basculé, renversé, avec l'irrévérence du hasard, l'insolence de l'accident. Mais maintenant que l'illumination avait commencé, elle embrasait jusqu'au zénith, et ce qu'à présent il demeurait à contempler, c'était, sondé d'un coup, le vide de sa vie. Il demeurait l'œil perdu, haletant, atterré; en sa consternation, il se détourna et ce mouvement plaça devant lui, gravée en signes plus aigus que jamais, la page ouverte de son histoire. Le nom inscrit sur la pierre le frappa du même choc que le passage de son voisin; et ce que ce nom lui dit, il le lui dit en pleine face: c'était *elle*, la chose manquée. C'était là l'horrible pensée, la réponse à tout le passé, la vision dont la terrifiante clarté le glaçait du même froid que la pierre couchée à ses pieds. Tout tombait à la fois, confessé, expliqué, mis en pièces, le laissant par-dessus tout stupéfait devant l'aveuglement qu'il avait chéri. Le destin pour lequel il avait été marqué, il l'avait rencontré au centuple, il avait vidé la coupe jusqu'à la lie; il avait été l'homme de son temps, le *seul* homme à qui rien ne doit jamais arriver. C'était là le coup rare; ce fut là sa visitation. Ainsi le vit-il, pâle d'effroi, nous l'avons dit, se reconstituer pièce à pièce. Ainsi elle avait vu, elle, tandis que lui ne voyait pas; ainsi c'était elle qui lui inculquait la vérité. Tout au long de son attente, l'attente même devait être son lot: telle était, éclatante et monstrueuse, cette vérité. Cela, sa compagne de veille l'avait à un moment découvert et elle lui avait offert la chance de duper son destin. Mais l'on ne dupe jamais son destin, et le jour où elle lui dit que le sien allait rendre son arrêt, elle ne le vit que béer stupidement devant l'issue qu'elle lui offrait.

L'aimer, voilà quelle eût été l'issue; alors, *alors* il aurait vécu. *Elle*, elle avait vécu, — qui pourrait dire à présent avec quelle passion, — elle qui l'avait aimé pour lui-même, cependant que lui n'avait jamais songé à elle (ah! comme cela lui sautait aux yeux à présent!) que dans le resserrement glacé de son propre égoïsme et sous le jour utilitaire où il la voyait. Les mots qu'elle avait dits lui revenaient, la chaîne s'allongeait indéfiniment. La bête avait été aux aguets, et la bête, à son heure, avait bondi; elle avait bondi dans ce crépuscule d'avril frileux où, pâle, malade, minée, mais suprêmement belle et peut-être encore guérissable, May s'était levée de sa chaise pour se montrer à lui et l'inciter à deviner. Comme il ne devinait pas, la bête avait bondi; elle avait bondi au moment où, perdant tout espoir, la jeune femme se détournait de lui. Il avait justifié ses craintes et accompli son destin; il avait été défaillant, avec la dernière exactitude, partout où il était dit qu'il le serait; et un gémissement monta à ses lèvres comme il se souvenait qu'elle avait prié le ciel de lui épargner de jamais savoir. Cette horreur du réveil — c'était *cela*, savoir; savoir dont le souffle semblait geler les larmes mêmes dans ses yeux. À travers ces larmes, cependant, il essaya de la fixer et d'en supporter la vue; il la tint là devant ses yeux, au point qu'il put encore ressentir de la souffrance. Celle-ci, au moins, tardive et amère, avait quelque peu de la saveur de la vie. Mais soudain l'amertume lui en souleva le cœur et ce fut comme si, spectacle horrible, il voyait dans la cruelle réalité de sa propre image l'accomplissement de l'arrêt. Il reconnut la Jungle de sa vie; il reconnut la Bête aux aguets. Alors, tandis qu'il regardait, il la vit, comme en un frémissement de l'air, se dresser, énorme et hideuse, pour le saut qui allait l'achever. Ses yeux s'obscurcirent — elle était tout près; et, se tournant d'instinct, dans son hallucination, pour l'éviter, il se jeta, tête baissée, sur la tombe.

Table

Présentation, *par Jean-Pierre Naugrette* .. 7

Chapitre premier 19

Chapitre II 43

Chapitre III 67

Chapitre IV 81

Chapitre V 97

Chapitre VI 115

Composition réalisée par INTERLIGNE

Imprimé en France sur Presse Offset par

BRODARD & TAUPIN
GROUPE CPI
La Flèche (Sarthe).
N° d'imprimeur : 26700 – Dépôt légal Éditeur : 52116-11/2004
Édition 01
LIBRAIRIE GÉNÉRALE FRANÇAISE – 31, rue de Fleurus – 75278 Paris cedex 06.

ISBN : 2 - 253 - 09932 - 5   ⊕ 30/0161/7